S. H. Seyr

Weihnachten in Südtirol — Am Glühweinstand

weihnachteninsuedtirol.com

1. Auflage

Weihnachten in Südtirol

Alle Rechte vorbehalten

© weihnachteninsuedtirol.com 2024

Gestaltung: Hannah Seyr

ISBN: 978-3-9526144-0-2

Inhalt

Prolog

»Aber …, aber Sonja, wie ist das denn jetzt mit dem Glück und den Freunden? Wenn man keine Freunde hat, dann kann man nicht glücklich sein?«

Die Kindergärtnerin überlegte kurz, ob sie den Bub jetzt verwirrt hatte. Er sah wirklich bekümmert aus. »Aber Benni, du hast doch Freunde. Hier in der Gruppe sind ganz viele der Kinder deine Freunde!«

Irgendwie sah Benni immer noch nicht überzeugt aus. Was war denn los mit ihm?

»Aber wenn man keine Freunde hat, kann man nicht glücklich sein, oder, Sonja?«

Sie meinte: »Na ja, Freunde sind schon wichtig.« Bemüht, die Frage nach bestem Wissen und Gewissen zu beantworten, fuhr sie fort: »Wenn ich sage, dass Freunde glücklich machen, dann kann das schon bedeuten, dass etwas fehlt, wenn man keine Freunde hat. Aber es gibt auch noch andere Dinge im Leben, die glücklich machen.«

Nun sah auch Chiara ihn stirnrunzelnd an. »Aber Benni, ich bin doch deine Freundin!«

Die Gruppenleiterin fragte sich wirklich, wie ein Gespräch über Glück den kleinen Benni so unglücklich machen konnte. Fühlte er sich nicht wohl in der Gruppe? War etwas vorgefallen? Sollte sie vielleicht mal mit seinen Eltern reden?

1. Dezember ⁖Sonntag, 1. Advent⁖

»Ach, welche Freude, ich freue mich so, dass du da bist, Kind!«

Julia war kaum zur Tür herein, als ihre Tante sie schon so fest drückte, dass ihr fast das Gepäck aus den Händen rutschte. Auf den ersten Blick schien ihre großgewachsene und schlanke Tante elegant, fast zerbrechlich. Ihre schulterlangen blonden Haare, durchzogen von grauen Strähnchen, hatte sie wie zumeist zu einem schlichten Dutt zusammengebunden. Wie Julia waren auch andere überrascht, wie viel Kraft in ihrer Tante steckte. Ihr fester Händedruck war Ausdruck ihrer Entschlossenheit. Ihre Ansagen waren freundlich, aber präzise. Sie sah den Menschen direkt und furchtlos in die Augen. Auf den zweiten Blick gab es keine Zweifel mehr: Sie war keine empfindliche Dame, sie war die Herrin des Weinschlössl.

»Ich habe schon alles vorbereitet, der Glühwein ist auch grad fertig. Wie war denn die Fahrt? Schön, dass alles gut gegangen ist. Habe ich schon gesagt, wie sehr ich mich freue?«

Zum Glück war die Fahrt echt entspannt gewesen. Julia war erholt und konnte den Überschwang der Tante somit gut aufnehmen. Sie war früh in Hamburg in den Zug gestiegen und entgegen aller Erwartungen hatten die Verbindungen geklappt. Sie war planmäßig am frühen Abend in Südtirol angekommen und einem Willkommens-Glühwein stand nichts im Weg. Außer ihrer Tante, die sie immer noch festhielt. Julia war auch noch in Mantel, Schal und Mütze gepackt. Einzig die Handschuhe hatte sie ausgezogen, um ihre Skiausrüstung besser tragen zu können.

Sie befreite sich aus der Umarmung und legte ihre Sachen ab. Die Tante machte einen halben Schritt zurück und musterte Julia kritisch. Julia war etwas kleiner als sie und etwas kräftiger. Zwar auch schlank, aber nicht zerbrechlich. Zumindest wirkte sie so. Sie war wie ihre Mutter. Die jüngere der beiden Schwestern war einen halben Kopf kleiner als die Tante. Sie war auch sensibler. Außerdem hatte sie ihre vollen dunkelblonden Haare und das rundliche Gesicht mit den rosa Wangen an ihre Tochter vererbt. Letztere waren jetzt allerdings verschwunden.

»Du siehst blass aus, Kind. Gut, dass du jetzt hier bist. Wirst sehen, die Bergluft bringt die Farbe zurück ins Gesicht.«

Julia sah ertappt zu Boden. Ihr ging es tatsächlich nicht sonderlich blendend. Die mangelnde Farbe beschrieb ihren Zustand sogar recht zutreffend. Sie fühlte sich grau. Sie konnte die Auszeit gut gebrauchen und hatte sich daher den ganzen Dezember bei ihrer Tante angekündigt. Julia hatte schon viele Weihnachten auf dem Weinschlössl verbracht. Ihre Eltern wollten in ein paar Wochen auch hier sein. Bis dahin wollte Julia es sich bei der Tante gemütlich machen und Energie tanken. Ebendiese Tante nahm Julia jetzt schon komplett in Beschlag.

»Ach, ist das schön, dich so lange hier zu haben! Jetzt komm schon rein, setz dich, lass uns anstoßen. Kommst du auch?«, rief die Tante Julias Cousin zu. Ihr Cousin, der sie vom Bahnhof abgeholt hatte, war noch damit beschäftigt, ihr restliches Gepäck auszuladen und ins Zimmer zu bringen. »Die Julia und ich trinken gleich mal einen Glühwein.«

Ach ja, dachte Julia, so ist das ja hier grundsätzlich. Man sagt immer *die Julia* und nicht einfach nur Julia. Obwohl sie von ihrer Mutter einiges an Dialekt gewohnt war und, seit sie denken konnte, mindestens einmal im Jahr in Südtirol war, brauchte sie doch jedes Mal einen Moment, um wieder reinzukommen. Sie musste sich einmal kurz überwinden – oder umschalten, wie ihre Mutter es nannte –, um die besonderen Redewendungen nicht als Fehler zu hören, sondern einfach anzunehmen.

Schon störte die Tante Julias Gedanken mit einem vertraut duftenden, weißen Glühwein, den sie ihr in die Hand drückte. Die Tante, die sie immer noch *Kind* nannte und eigentlich nur ihren Namen benutzte, wenn sie mit anderen über *die Julia* sprach. Die Tante, die sich immer so überschwänglich freute, ihre liebste Nichte zu sehen, und die sich auch jetzt nicht zurückhalten konnte, und sie noch einmal so fest umarmte, dass der gute Glühwein in Julias Hand fast dran glauben musste.

»Ach, Kind, ich kann es nicht oft genug sagen. Es ist so schön, dass du da bist.« Und so war *die Julia* in Südtirol angekommen.

——

»Ich lass euch zwei dann mal allein«, rief Julias Cousin nach einer Weile durch die halb geöffnete Tür in die Küche. Er war mit Julias Gepäck fertig und fand die beiden Frauen fröhlich plaudernd vor. »Heute macht ja der Weihnachtsmarkt auf, und ich schaue mal, wie es es Glühweinstand läuft. Vielleicht willst du ja später noch nachkommen«, sagte er an Julia gerichtet.

Beim Anblick des großen, dampfenden Glühweinkessels auf dem Herd war Julia sich jedoch ziemlich sicher, dass sie heute nicht noch mehr Glühwein benötigen würde. Sie spähte aus dem Fenster hinunter auf die kleine Stadt. Das Weinschlössl stand auf einem kleinen Hügel und bot einen wunderbaren Ausblick. Selbst den Weihnachtsmarkt konnte man von hier aus erkennen. Das Treiben konnte sie nur erahnen. Aber Lust, darin einzutauchen, verspürte sie gerade keine und winkte ab. »Ich bin froh, dass ich erst mal ankommen kann.«

Auch die Tante zeigte sich wenig geneigt, Martins Vorschlag zu unterstützen. »Jetzt hab ich sie gerade mal ein paar Minuten für mich, und du willst sie schon wieder wegziehen. Geh du mal zu deinem Glühweinstand. Wir Gitschn müssen uns erst mal alles erzählen.« *Gitschn* war der Südtiroler Ausdruck für Mädels, der von Julias Verwandtschaft schamlos bis ins hohe Alter verwendet wurde. »Außerdem«, fuhr die Tante mit einem Schmunzeln fort, »will ich wissen, was die Julia alles vorhat, solange sie hier ist. Und ich habe auch schon ein paar Ideen.«

Jetzt war es Martin, der abwinkte und eine Augenbraue hochzog. »Ein paar Ideen? Nein danke, dann gehe ich lieber und überlasse euch Gitschn euren Gesprächen. Wir sehen uns die Tage, Julia.«

——

Auf dem Weihnachtsmarkt herrschte bereits reges Treiben. Zur Eröffnung war das Karussellfahren gratis, und entsprechend viele Kinder drängten sich mit ihren Eltern um das Karussell. Martin hatte daran fast noch mehr Freude als die Kinder, denn sein Glühweinstand befand sich direkt daneben. So konnte er, während die Eltern zusahen, wie die Kinder ihre Runden drehten, die ganze Meute mit Glühwein und Essen versorgen.

Zwischen all den Kindern tummelte sich auch der kleine Benni. Es war seine siebte oder vielleicht schon sechsunddreißigste Runde auf dem Karussell. So genau konnte der Fünfjährige noch nicht zählen. Auf jeden Fall hatte er schon alle Tiere auf dem Karussell ausprobiert. Nach jeder Runde stieg er ab und hüpfte voller Freude zu einem anderen Tier. Petra und Thomas, seine Eltern, versuchten vergeblich, ihn für eine Pause zu begeistern.

Immer wieder rief er: »Den Schwan habe ich noch nicht!«, oder »Das Pferd habe ich noch nicht!«, oder »Ich muss noch mal aufs Schweinchen!«

Tatsächlich war er schon so lange auf dem Karussell gefahren, dass auch Petra und Thomas den Überblick verloren hatten. Sie hatten sich ebenfalls schon den ein oder anderen Glühwein geholt. Aber sieben wohl noch nicht, und sechsunddreißig ganz bestimmt nicht. Also stand einem weiteren nichts im Weg.

»Komm, wenn Benni noch eine Runde macht, machen wir auch noch eine«, schlug Petra vor.

Der Glühwein ließ nicht lange auf sich warten.

Martin mischte sich mit einem vollen Krug unter die Menge und bot den Eltern an, ihnen nachzuschenken. Er hatte wie jedes Jahr seinen speziellen Glühwein mit Kerner Weißwein und einem Geheimrezept der Schlössl-Tante zubereitet. Schlössl-Tante, so nannten eigentlich alle Julias Tante vom Weingut oberhalb der Stadt. Ihr besonderer Glüh-Kerner war auch jetzt wieder der Renner.

Als geschäftiger Standbetreiber bot Martin natürlich nicht nur Getränke an. Seine Spezialität waren Strauben, eine Art gitterförmiger Teigfladen, der in Öl gebacken und mit Puderzucker bestreut wurde. Dazu gab es traditionell Preiselbeermarmelade, aber auch Schokoladen- oder Vanillesoße. Der Duft der frischgebackenen Strauben lockte die Kunden immer wieder an seinen Stand. Und Martin selbst lockte auch, indem er mit Kostproben durch die Menge lief und die Menschen zum Probieren einlud. Auch Petra und Thomas schnappten sich ein Stück.

»Ich kann doch nicht zulassen, dass ihr hier verhungert«, scherzte Martin. »Ich nehme an, euer Letzer kann sich einfach nicht losreißen.«

Letzer, so sagte man zu den Kleinen in Südtirol. Wie die meisten in der kleinen Stadt kannten sich Martin, Petra und Thomas flüchtig. Martin wusste, dass Benni zu ihnen gehörte. Er kannte Benni vom Vorjahr auch als besonders guten Kunden. Neben seiner Leidenschaft für das Karussell liebte Benni nämlich auch Martins Erdäpfelblattln mit Kraut. Die Kombination aus in Öl gebackenen Kartoffelteigblättern und gedünstetem Sauerkraut war unwiderstehlich, selbst für einen Fünfjährigen.

»Soll ich euch noch eine Portion Erdäpflblattln bringen?«, fragte Martin.

»Oh ja, gerne! Mach gleich auch eine Portion Strauben. Ich glaube, wir bleiben noch etwas länger«, antwortete Thomas.

»Und noch zwei Glühwein«, rief Petra hinterher.

Martin nickte grinsend und ging zurück zu seinem Stand. Die Leute bildeten schon Schlangen und alle Tische waren besetzt. Ein gelungener erster Tag auf dem Weihnachtsmarkt! Martin war zufrieden.

Zufrieden war schließlich auch Benni, der nach seiner dritten Runde auf dem Schweinchen von Petra mit einem Erdäpfelblattl in Empfang genommen wurde.

———

Beim Zubettbringen fragte Thomas seinen kleinen Benni: »Sag mal, warum hast du eigentlich das Schwein am liebsten von all den Tieren auf dem Karussell?«

»Weil es glücklich ist«, antwortete Benni. »Weißt du, Glücklichsein ist wichtig und Freunde zu haben ist wichtig, weil dann ist man glücklich.«

Thomas hatte gegen die Logik des Fünfjährigen nichts einzuwenden. Er fand, was sein Sohn da sagte, ergab sogar sehr viel Sinn. Aber wie kam er nur darauf?

»Bist du denn nicht glücklich? Mit deinen Freunden, meine ich?« Beim Stichwort Freunde leuchteten Bennis Augen auf und er tat, was er immer tat, wenn seine Großeltern und Verwandten ihn danach fragten: Er begann, alle aus der Kindergruppe aufzuzählen, in der Reihenfolge des Freundschaftsgrades. Bei Benni gab es eine klare Rangordnung.

Er schaffte es immerhin bis zu Kind zwölf aus seiner sechzehnköpfigen Gruppe. Dann kuschelte er sich tiefer in Thomas' Arm und war auch schon eingeschlafen.

2. Dezember ⁕Montag⁕

Draußen war es nass und rutschig. Julia war froh um ihre neuen Winterstiefel und konnte so langsam auch den Rat ihrer Tante nachvollziehen.

»Steigeisen, Kind«, hatte die gesagt.

»Aber Tante, ich gehe ja nur schnell runter in die Stadt und schaue mir den Weihnachtsmarkt an.«

Der Weg nach unten war dann doch eine halbe Rutschpartie gewesen, denn das Weinschlössl war etwas oberhalb der Stadt gelegen. Es gab einen direkten Fußweg durch die Reihen der Rebstöcke hindurch. Da der Steig aus abgewitterten und abgelaufenen Steinen bestand, war er bei Frost und Eis eine kleine Herausforderung. Auf dem Weg wurde kein Salz gestreut. Daher hatte sich die Tante schon länger angewöhnt, Steigeisen an die Schuhe zu packen. Julia bereute ihren Entschluss, das nicht zu tun, als sie zum zweiten Mal auf ihrem Hintern landete. Zum Glück war die Landung weich, da der frische Schnee und ihr dicker Mantel einiges abfederten.

Julia war hierhergekommen, um einen Neustart zu wagen. In ihrer Heimatstadt Hamburg hatte sie sich irgendwie unzufrieden gefühlt. Sie träumte von einem Leben voller Abenteuer und Selbstverwirklichung, aber eigentlich brauchte sie einfach mal eine Pause. Und die kleine Stadt, umgeben von Natur und Bergen, mit ihren Verwandten und den

Kindheitserinnerungen, schien ihr der perfekte Ort dafür zu sein. Sie wollte einfach loslaufen und schauen, was passieren würde. Allerdings kam sie jetzt so gut wie nicht vom Fleck. Zum ersten Mal beschlich sie ein Gefühl von Zweifel. Was machte sie hier überhaupt, außer auf ihrem Hintern zu landen? Sollte sie lieber zurückgehen? Wo war dieses *Zurück* überhaupt? Sie schüttelte die Gedanken von sich. Sie wollte nicht einfach zurück. Sie hatte grundsätzlich so gar keine Lust aufs Zurückgehen. Sie wollte vorwärtsgehen. Also tastete sie sich weiter den Steig nach unten.

Schließlich war sie am kleinen Tor angekommen, das von einer alten Steinmauer umgeben war. Die Grenze zum Grund des Weinschlössl. Jetzt wagte sie doch einen Blick zurück. Es fühlte sich das erste Mal nicht beängstigend an, seit sie ihren Job in Hamburg gekündigt und ihre Koffer gepackt hatte und in den Zug gestiegen war.

Sie hielt kurz inne: Das Schlössl, wie alle das kleine Weingut nannten, war ein alter Hof mit der typischen Bauweise von vor Hunderten von Jahren: dicke Wände, kleine Fenster. Einer der Vorfahren hatte auf dem Dach zwei Türmchen errichten lassen, vermutlich waren sie mal als Lichtschacht gedacht gewesen. Ab dann wurde das Weingut als Schlössl bezeichnet. Sie atmete tief durch.

»So, jetzt bist du also hier«, sagte sie zu sich selbst. Dann richtete sie ihren Blick wieder nach vorn und war bald inmitten des Trubels. Sie genoss das stete Treiben.

Während sie durch die Stadt bummelte, beobachtete Julia die Menschen um sich herum. Familien mit kleinen Kindern, die auf dem Weg zum Weihnachtsmarkt aufgeregt die blinkenden Lichter bewunderten, verliebte Pärchen, die Händchen hielten und beim Glühwein näher zusammenrückten, und ältere Menschen, die wohl in Erinnerungen an vergangene Weihnachten schwelgten und bei den Ständen mit den traditionellen Produkten stehen blieben. Julia fühlte sich von der festlichen Atmosphäre berührt, ein Lächeln huschte über ihr Gesicht.

»Katrin, ich glaube, ich bin angekommen.« Julia hatte ihr Handy in die Hand genommen und ihre beste Freundin angerufen.

Die klang gestresst. »Warte, warte, ich gehe in einen Meetingraum. Was ist los?«

»Ich bin angekommen«, wiederholte Julia.

»Oh mein Gott, ich dachte schon, es ist etwas passiert. Ich habe seit vierundzwanzig Stunden nichts von dir gehört. Deine letzte Nachricht kam gestern aus dem Zug. Ich hab mir schon vorgestellt, dass du verloren gegangen oder direkt im Glühwein ertrunken bist«, lachte Katrin, die wie immer lustig und fatalistisch zugleich war. Ihr Leben war ein einziges Drama. Deshalb war sie Julias beste Freundin, weil sie im Gegensatz zu ihr selbst alles andere als bodenständig war. Und das machte Katrin so erfrischend. Mit ihr war immer etwas los. Sie hatte eine andere Perspektive auf die Dinge, die Julia guttat. Es gab Leute, die Freunde hatten, damit die sie auf den Boden der Tatsachen zurückholten. Bei Julia war es umgekehrt. Sie brauchte jemanden, der sie ein bisschen aus der Realität holte und ihr verrückte Ideen ins Ohr flüsterte. Das war Katrin. Vielleicht, dachte sie, vermisste sie sie schon jetzt. Was sollte sie ohne Katrins Eingebungen machen? Intuitiv hatte sie einfach angerufen, ohne darüber nachzudenken, dass Katrin noch bei der Arbeit wäre.

Sie waren sich gleich zu Beginn ihres Studiums begegnet und waren seither unzertrennlich. Sie hatten sich beide auf Marketing spezialisiert und auf Anhieb gut verstanden. Katrin war zu einer großen Agentur gegangen, das passte zu ihr. Das Umfeld war dynamisch, sie konnte den ganzen Tag herumwirbeln. Julia hingegen sehnte sich nach ein paar Jahren in einem kleineren Büro schon nach Routine und Ruhe. Auch jetzt hatte sie den Impuls verspürt, die weihnachtliche Stimmung der Stadt mit nach Hause zu nehmen und es sich mit der Tante auf dem Sofa oder später in ihrem Zimmer mit einem Buch gemütlich zu machen. Katrin würde so etwas nie zulassen, genau darauf hatte sie gehofft.

»Erzähl, was machst du? Was ist los jetzt?«, trieb Katrin sie an. »Du bist bei deiner Tante angekommen. Und jetzt? Was höre ich da? Eine Party?«

»Ich bin in der Stadt, du hörst den Weihnachtsmarkt hier. Aber ich glaube, ich gehe bald wieder heim.«

»Nein, das machst du nicht!«, kam Katrins prompte Antwort. »Du hast frei. Du gehst auf den Weihnachtsmarkt und trinkst all den Glühwein, den du kriegen kannst, um deinen stressigen Job zu vergessen. Muss ich dich jetzt daran erinnern, dass du deinen Job in Glühwein ertränken wolltest?«, lachte Katrin. »Denk daran, dass du da ein freies Leben hast und ich hier arbeite und schufte. Du musst jetzt für mich mitleben. Geh auf den Weihnachtsmarkt und stürze dich in den Trubel. Man kommt da eh gleich mit allen ins Gespräch, spätestens nach dem zweiten Glühwein.«

Katrin wusste bestens Bescheid, weil sie tatsächlich einmal mit Julia in der Weihnachtszeit zum Schneeschuhwandern in Südtirol gewesen war. Sie kannte die Tante und den Weihnachtsmarkt und die Wirkungen des Glühweins. Und ja, sie war bereits nach zweit Glühwein mit allen ins Gespräch gekommen.

»Julia, mein Liebes, ich muss weiter, aber du trinkst einen für mich mit. Oder besser fünf, versprich es. Und melde dich bald wieder, nicht dass ich wieder denke, ich muss einen Suchtrupp losschicken oder die Spaßpolizei rufen.«

Julia lachte laut auf. Katrins Energie, genau das hatte sie gebraucht. Sie nahm sich vor, den Rat ihrer besten Freundin zu befolgen. Vielleicht würde sie nicht gleich fünf Glühwein trinken, aber ein oder zwei könnten wohl nicht schaden. Sie packte das Handy wieder weg, holte tief Luft und steuerte in Richtung Weihnachtsmarkt.

—

»Benni,«, rief Petra entsetzt, »was machst du denn? Du verteilst die Glasur ja in der ganzen Küche!«

Benni schaute schuldbewusst auf den Boden und murmelte: »Ich wollte nur schon mal die Kekse verzieren, Mama.«

Im Kindergarten hatten heute alle Kinder einen Brief ans Christkind geschrieben und Pläne geschmiedet, dass sie dem Brief auch ganz besonders schöne Kekse beilegen würden. Benni wollte deshalb unbedingt gleich Kekse für das Christkind backen. Als Bestechungsversuch, verstand sich. Denn Benni hatte klare Wünsche und wollte auf Nummer sicher gehen. Selbstgemachte Kekse durften also nicht fehlen.

»Komm, ich helf dir mal«, sagte Petra und nahm Benni die Glasurtüte aus der Hand, mit der er, ohne es zu beabsichtigen, direkt auf sie zielte.

Die beiden machten sich wieder ans Werk. Diesmal klappte es viel besser. Petra zeigte Benni, wie er die Glasur gleichmäßig auf die Kekse streichen konnte, und Benni machte es ihr eifrig nach. Nach einer Weile waren alle Kekse fertig verziert und sahen wunderschön aus. Benni strahlte vor Stolz.

»So, jetzt ist alles drauf«, sagte er.

»Kann man wohl sagen«, meinte Petra.

Sie legte die Kekse auf einen Teller und stellte sie auf den Tisch. »Und, magst du mal probieren?«

Benni griff sofort nach einem Keks und nahm einen Bissen. »Mhhh!«, rief er. »Die schmecken dem Christkind bestimmt!«

Petra lachte. »Bestimmt!«

Der Montagnachmittag gehörte jeweils ganz ihr und Benni und sie hatte sich vorgenommen, etwas Schönes mit ihm zu unternehmen. Er war in letzter Zeit etwas unruhig, und sie hatte sich schon Sorgen gemacht, dass er sich im Kindergarten nicht wohlfühlte, nicht glücklich war oder keine echten Freunde hatte. Sogar seine Gruppenleiterin hatte sie und Thomas darauf angesprochen. Thomas sah es etwas anders. Und Benni sah es nochmal anders. Petra versuchte vorsichtig, ihn zwischen einer Runde Kekse und der nächsten darauf anzusprechen. Er sprang aber nicht darauf an. »Meine Freunde sind die Chiara und der Leo und der Nicola«, hatte er angefangen, die Kinder aus seiner Gruppe aufzuzählen.

Petra hörte sich die Aufzählung bis zum Ende an und fragte nochmal vorsichtig nach, ob denn da nicht noch etwas wäre. Wieder sprang Benni nicht darauf an. Stattdessen kam ihm in den Sinn, dass er seinen neuen besten Freund vergessen hatte: Luca.

Luca war eigentlich ein Freund seines Vaters, aber da Luca ihm immer so viel Aufmerksamkeit schenkte, konnte Benni nicht anders, auch ihn als Freund zu bezeichnen.

Luca war Anfang des Jahres in die Stadt gezogen und hat angefangen, in Thomas' Unternehmen zu arbeiten. Die beiden waren Kollegen und sein Vater wollte Luca den Einstieg erleichtern und ihm ein paar Leute vorstellen. Niemand hatte damit rechnen können, dass Benni so versessen auf Luca war und umgekehrt.

Nun sollte Thomas Luca später zum Essen mitbringen. Petra wollte die Gelegenheit nutzen, um ihm ein bisschen auf den Zahn zu fühlen und zu sehen, wie es denn so lief mit neuen Bekanntschaften. Sie hatte vor, Benni schon mal etwas zu beruhigen, damit er nicht die ganze Aufmerksamkeit von Luca auf sich zog, wie sonst. Deshalb die Aktion mit den Keksen. Immerhin war Benni jetzt zufrieden.

Doch gerade als die Küche sauber war, tat sich eine neue Baustelle auf: der Brief ans Christkind. Da Bennis Ehrgeiz noch nicht erschöpft war und er alles doch sehr genau nahm, löcherte er seine Mutter nun dazu.

»Aber Mama, jetzt sag mal genau, wie dieses Christkind so ist! Was kann ich mir denn wünschen und kommt das dann alles an Weihnachten?«

Mama wünschte sich derweil schon den Aperol Spritz und einen gemütlichen Abend herbei.

»Benni, das schauen wir uns alles gerne in Ruhe an, wie immer«, seufzte sie.

—

Julia schlenderte noch immer durch die Stadt. Sie schwelgte in der Vorfreude auf Weihnachten, die Zeit des Jahres, in der Familie und Freunde zusammenkamen und die Wärme und Liebe füreinander feierten. Auch Julias Familie hielt das so. Ihre Eltern würden an Weihnachten nachkommen, um mit der ganzen Familie in Südtirol Weihnachten zu feiern. Bis dahin wäre sie hier allein. Na gut, nicht ganz allein, sie war ja bei ihrer Tante. Sie fragte sich, ob sie ihre Freunde vermissen würde. Zwar hatte sie sich genau danach gesehnt, allein zu sein. Doch nach vierundzwanzig Stunden ohne die große Stadt wurde ihr zum ersten Mal so richtig bewusst, dass sie nun tatsächlich einen ganzen Monat lang an einem ganz anderen Ort sein würde.

Sie bog gerade um die Ecke in eine kleine Seitengasse, als sie plötzlich mit jemandem zusammenstieß.

»Entschuldigung!«, rief sie und hob den Blick. Vor ihr stand ein junger Mann mit dunklen Haaren, eingepackt bis zur Nasenspitze.

»Oh, mi dispiace, Entschuldigung«, sagte er.

Julia wusste erst nicht, in welcher Sprache sie antworten sollte. Sie war es immer noch nicht gewohnt, dass die Leute hier manchmal parallel Deutsch und Italienisch sprachen. Wobei das lokale Italienisch hier schon sehr deutlich und dialektfrei war, was ihr jedoch wenig half, da sie kaum italienisch sprach. Und das Deutsch, na ja, das war eben nur irgendwie deutsch.

Für einen Moment lang starrte sie den Mann an und entwickelte verschiedene Theorien in ihrem Kopf, ob es sich jetzt nun um einen *Hiesigen*, einen von hier, wie man so schön sagte, oder um einen Touristen handelte. Schließlich beließ sie es der Einfachheit halber bei Deutsch und sagte: »Kein Problem, ist ja nichts passiert.«

Ein zweiter Mann, den sie bis eben gar nicht wahrgenommen hatte und der einen Moment lang ebenso überrascht war wie sie selbst, griff nach ihrer Tasche, die auf dem Boden gefallen war, und reichte sie ihr mit einem kurzen Nicken.

Ah, nicken, dachte sich Julia, damit erübrigt sich die Frage nach der Sprache. Sie nickte zurück und ging weiter.

—

Als Thomas mit Luca zu Hause ankam, schien Benni schon hinter der Tür gewartet zu haben. Denn kaum hatte Thomas den Schlüssel umgedreht, sprang er auf Luca zu und fing an, in einem Redeschwall von den Keksgelüsten des Christkindes und einer Geheimbotschaft zu erzählen, die er auf die Kekse geschrieben hatte.

Thomas sah Petra fragend an, aber die winkte nur ab und fragte: »Lust auf einen Aperitivo?«

»Ich habe eine bessere Idee«, erwiderte er und warf Petra einen verschmitzten Blick zu. »Luca war noch nicht auf dem Weihnachtsmarkt. Ich dachte, vielleicht gehen wir mit Benni nochmal zum Karussell. Und wir stellen uns derweil zum Glühweinstand.«

Bei dem Wort Karussell fing Benni an, auf Luca einzureden, mit welchem Tier er denn am liebsten fahren würde und ob Luca mitfahren würde oder ob Luca dann auch das Schwein so toll finden würde oder ob er wie alle anderen lieber das Pferd hätte. Luca war bis jetzt nicht wirklich zu Wort gekommen und hatte grad mal »Hallo« zu Petra gesagt. Auch war er nicht dazu gekommen, seine dicke Jacke aufzumachen. Benni hatte ihn in Beschlag genommen und er stand da zwischen Tür und Angel, zwischen Kälte und Wärme. Petra hatte fast ein bisschen Mitleid mit ihm, sodass sie einfach schnell sagte: »Also los, raus mit uns!«

Selbstverständlich musste Luca Benni zum Weihnachtsmarkt tragen und dann alle seine fünf Runden auf dem Karussell aus der Nähe beaufsichtigen.

Petra und Thomas standen an der Seite und beobachteten die Szene.

»So hatte ich mir das nicht vorgestellt«, sagte Petra, »eigentlich wollte ich Luca ausquetschen, wie es denn so bei ihm läuft. Du weißt doch, dass die

Schwester einer Freundin von meiner Kollegin Sonja jetzt Single ist und wir könnten ja mal zusammen etwas machen.«

Thomas stand nur da und sagte leicht abwesend: »Ach lass ihn, da kommt er schon allein klar. Er hat doch Spaß.«

»Ja, Spaß mit einem Fünfjährigen. Das ist nicht dasselbe. Er ist immerhin schon einige Monate hier. Wird Zeit, dass er mal richtig ankommt.«

Petra verstand einfach nicht, warum Thomas nicht auch ein bisschen mehr Engagement zeigte, Luca zu verkuppeln. Immerhin waren sie befreundet und Thomas hatte es sich doch zur Aufgabe gemacht, Luca ein paar Leuten in der Gegend vorzustellen, damit er sich schneller einlebte. Schließlich war Thomas superglücklich mit Luca als Arbeitskollegen, und all das wäre doch eine super abgerundete Sache, wenn er sich wohlfühlen würde. Dann würde er auch im Unternehmen bleiben. Und alles wäre einfach, ja wie sollte man sagen: super!

Petra versuchte, sich zu erinnern, wie es war, als Thomas und sie sich kennengelernt hatten. War Thomas da auch so cool geblieben? Aber ihre Gedanken wurden von Martin unterbrochen, der ungefragt eine zweite Runde Glühwein brachte.

»Ihr seid ja schon wieder da! Kein Tag ohne Glühwein, gell? Die nächste Runde geht auf mich! Ich muss mir meine Stammkunden ja gut halten.« Er grinste.

»Ist ja ordentlich was los, sogar am Montag«, meinte Thomas. »Super Auftakt für den Weihnachtsmarkt.«

»Ja, ich muss auch schon wieder los«, sagte Martin und eilte auch schon wieder davon. »Sag deiner Kellnerin, dass sie auch Luca bitte einen Glühwein bringen soll. Er steht dahinten beim Karussell mit Benni«, rief Petra ihm hinterher. Thomas sah Petra von der Seite an.

»Petra, es wird jetzt wirklich auffällig. Du kannst nicht einfach alle Frauen in Lucas' Richtung schicken.«

»Ich hab's einfach im Gespür, dass das für Luca kein einsames erstes Weihnachten wird«, meinte Petra.

Thomas lachte. »Ich hab's im Gespür, dass du eher den zweiten Glühwein im Gespür hast und wir vielleicht besser mal was essen gehen. Soll ich die beiden vom Karussell losreißen?«

Aber Petra beschloss, Luca selbst am Karussell abzulösen. Benni akzeptierte das nur unter leichtem Protest. Als Petra ihm sagte, der Luca müsse doch auch mal mit dem Papi einen Glühwein trinken dürfen, ließ er ihn schließlich gehen.

»Aber dann gehst du auch weg, Mama, weil ich kann alleine Karussell fahren, ich bin ja schon groß.«

Petra warf Luca einen vielsagenden Blick zu. Der grinste und sie gingen los in Richtung Thomas. Petra stellte sich so hin, dass sie Benni noch beobachten konnte. Der Bub drehte weiter fröhlich eine Runde nach der anderen auf dem Karussell, bis er schließlich abstieg und eine andere Mission verfolgte.

———

Wie war es jetzt bitte dazu gekommen?

Julia stand am Karussell und half einem kleinen, dick eingepackten Kind mit Schokoladenmund auf ein Pferd mit goldener Mähne. Sie war seit vierundzwanzig Stunden in Südtirol und sie hatte es bisher nicht geschafft, ihren Entspannungsplan loszutreten. Sie wollte langlaufen, in Ruhe allein Schneeschuhwandern, in die Sauna. Und nun war sie statt entspannt hier eingespannt und der Tag ging einfach so dahin.

Ihre Mutter hatte sie gewarnt: »Du wirst sehen, der Familie fällt dann schon etwas ein, um dich zu beschäftigen. Bei der Tante auf dem Schlössl gibt's sowieso immer etwas zu tun, und was die alle ständig für Einfälle haben. Dir wird sicher nicht langweilig.«

Aber irgendwie hatte sie sich darauf gefreut, aus ihrer Routine auszubrechen. Und vor der Langeweile hatte sie keine Angst. Im Gegenteil. Langeweile wäre ihr ja sogar willkommen gewesen. Das war es, was sie gesucht hatte.

Und jetzt? Jetzt war sie mittendrin. Sie war am Glühweinstand vom Schlössl gewesen, hatte ein bisschen mit allen gequatscht und das Team getroffen. Ein paar kannte sie schon von den letzten Weihnachten. Und sie hatte so gut aufgepasst, da nicht eingespannt zu werden. Sie wollte wirklich nicht am Glühweinstand mithelfen.

Aber dann musste der Betreiber vom Karussell nebenan kurz weg und am Glühweinstand war viel zu tun und irgendwie hatte sie dann doch angeboten, kurz den Betrieb zu überwachen.

Eigentlich lief das Geschäft wie von selbst. Am kleinen Stand gab's Tickets, die ihr die Kinder auf dem Karussell nun entgegen hielten. Ihr Job war es, diese einzusammeln und zu prüfen, dass alle Kinder sicher im Sattel saßen.

Dann ging die Fahrt los und sie konnte für ein paar Minuten dem sich stetig drehenden Karussell zuschauen und mit der langsamen Weihnachtsmelodie mitschwingen.

Sie betrachtete die strahlenden Kindergesichter. Wie einfach das Leben doch sein konnte: Auf ein Tier gesetzt werden und mit vielen Lichtern im Kreis fahren.

Auch sie hatte zuletzt ihr Leben so empfunden, als würde sie sich nur noch im Kreis drehen. Entspannt und glücklich war sie dabei aber nicht gewesen. Nur wenige Tage zuvor hatte sie noch in ihrer eigenen Wohnung zwischen Koffern gesessen und von Ruhe geträumt. Jetzt stand sie hier, mitten im Getümmel, und ließ sich treiben. Drehte sie sich vielleicht wieder nur im Kreis? Sie wusste nicht genau, wie sie sich fühlte. Verloren? Verwirrt? Müde?

Da wurden ihre Gedanken von einem kleinen Jungen unterbrochen, der sie mit großen grünbraunen Augen fixierte.

»Wer bist denn du?«, fragte Benni und hielt seinen Blick weiterhin direkt auf sie gerichtet. Er wusste schließlich, wem das Karussell gehörte, und diese Frau hatte er hier noch nie gesehen.

»Ich bin Julia. Ähm, die Julia. Ich passe kurz aufs Karussell auf«, antwortete sie auf die Frage, die er eigentlich nicht gestellt hatte. Die Frage, was sie hier machte. Die Frage, die sie sich kurz zuvor selbst gestellt hatte.

»Bist du überhaupt schon einmal Karussell gefahren?«, fragte er weiter. Damit hatte Julia nun wirklich nicht gerechnet. Eigentlich ein sehr guter Punkt. Die Produkte, für deren Erfolg sie in Hamburg gearbeitet hatte, hatte sie sich schließlich auch genauestens angeschaut. Sie brauchte jetzt eine Verlegenheitsausrede. Aber der Junge wartete gar nicht auf ihre Antwort.

»Ich fahre jedes Jahr mit dem Karussell, ich kann dir helfen«, bot er an.

»Ach so?«, jetzt war Julia noch erstaunter und auch froh über die Ablenkung. Daher beschloss sie, ihrem neuen Gesprächspartner eine Chance zu geben, sie auf andere Gedanken zu bringen. »Ja, dann bin ich aber froh, dass du gekommen bist, um zu helfen. Was muss ich denn beachten?«, fragte sie.

»Von wo kommst du denn?«, fragte der Junge. Aha, er hatte also doch die Aufmerksamkeitsspanne eines Kindes, schon war die Karussell-Expertise zweitrangig. Schon war er neugierig, da er gehört hatte, dass sie keinen Dialekt sprach. »Aus Hamburg«, antwortete Julia und wartete einfach mal ab, wohin die Befragung führen würde.

»Ist das weit weg?«, fragte der Junge weiter.

»Ja, schon, es ist in Deutschland«, erklärte Julia.

»Ist das so weit weg wie Mailand?«, wollte er wissen.

»Ja, noch ein bisschen weiter in die andere Richtung.« Dann entstand eine kurze Pause, Geografie an sich schien den Jungen also nicht groß zu interessieren. Julia beschloss, das Gespräch aufrechtzuerhalten. Sie hatte Spaß daran gefunden.

»Du kennst also Mailand. Warst du schon einmal da?«, fragte sie.

»Die beste Freundin von meiner Mama ist in Mailand.« Er zeigte auf eine Gruppe Menschen. Ein paar Erwachsene schielten immer wieder aus den Augenwinkeln, um zu prüfen, ob der Junge noch beim Karussell war. »Das ist weit. Meine beste Freundin ist im Kindergarten hier. Und sie wohnt auf der anderen Seite vom Spielplatz. Das ist nicht so weit«, meinte der Junge.

»Das ist schön«, sagte Julia, »dann hast du ja eine Freundin ganz in der Nähe.«

»Und Freunde«, fuhr der kleine Junge enthusiastisch fort. »Der Nicola und der Leo sind auch meine Freunde, aber die Chiara ist viel gescheiter. Die weiß immer, was zu tun ist.«

»Ach so, das klingt nach einer tollen Freundin«, sagte Julia nachdenklich. »So eine Freundin, die immer weiß, was zu tun ist, kann tatsächlich jeder gebrauchen.«

»Ja, wenn ich etwas nicht weiß, frage ich die Chiara. Die weiß und kann so viel. Die bastelt auch gerne.«

Basteln, stimmt, das hatte Julia eigentlich auch immer gerne gemacht. Deshalb hatte sie ursprünglich Marketing und Kommunikation gewählt. Wenig Zahlen, viele Bilder und Texte. Wer hätte gedacht, dass der kleine Junge diese Gedanken in ihr hervorbringen würde. Warum hatte sie aufgehört, etwas zu erschaffen? Wo war die Kreativität hin? Jedoch unterbrach er wieder ihre Gedanken.

»Hast du schon eine Freundin hier?«

»Nicht wirklich«, sagte Julia.

»Mami«, rief er dann und drehte sich einmal um die eigene Achse, »hier ist eine neue Freundin!«

Petra kam zu Benni. »Oh schön, du hast eine neue Freundin gefunden, wie praktisch, dass sie ein Karussell hat.« Sie grinste Julia an. Benni sah sie ungeduldig an.

»Nein—«, fing er an.

»Schon gut«, unterbrach ihn Petra. »Hier sind noch ein paar Tickets. Los, spring auf, die nächste Runde fängt gleich an.« Sie half Benni auf das Schweinchen und auch Julia war wieder damit beschäftigt, die Kinder für die nächste Runde bereit zu machen und die Tickets entgegenzunehmen. Als das Karussell sich wieder drehte, blieb Petra bei Julia stehen.

»Ich hoffe, der Benni hat dich nicht vollgequatscht. Er ist wirklich ein großer Fan des Karussells. Ich bin übrigens Petra.«

Und so kam es, dass Julia auch Petra erzählte, wie sie hierhergekommen war. Benni musterte die beiden ein paar Runden lang kritisch vom Karussell aus, bis wiederum die Aufmerksamkeitsspanne des Fünfjährigen das ihre tat. Er sah Luca, wie er mit seinem Vater auf ihn zukam, und winkte sofort stürmisch.

»Mami, der Luca, schau da!«

»Ja«, sagte Petra belustigt, »und der Papi auch, gell.« Zu Julia sagte sie: »Das ist Thomas, Bennis Vater, und daneben ist sein Kollege Luca, an dem Benni einen Narren gefressen hat.«

Und so kam es, dass der junge Mann, mit dem Julia am Tag zuvor zusammengestoßen war, nun wieder vor ihr stand.

26

»Ciao. Hallo«, grüßte er wiederum auf Italienisch und Deutsch.

—

Später begleitete Luca die kleine Familie noch nach Hause. Luca kam
kaum zum Essen, geschweige denn dazu, Petra etwas zu erzählen, womit
sie hätte arbeiten können. Er wurde außerdem von Benni auserkoren,
den Brief und die Kekse für das Christkind zu platzieren. Dazu wurden
von den beiden Tüftlern, dem kleinen Benni und seinem großen Gehilfen
Luca, etliche Überlegungen angestellt. Zu bedenken gab es, dass der Brief
natürlich gut sichtbar am Fenster angebracht werden musste. Würden sie
den Brief nach draußen bringen, bestand jedoch die Gefahr, dass Vögel die
beigelegten Kekse fressen würden. Drinnen müsste sich das Christkind erst
einmal Zutritt verschaffen. Nachdem Luca Benni überzeugen konnte, dass
das Christkind auf magische Weise in alle Wohnungen und auch in Bennis
Zimmer fliegen konnte, fiel die Entscheidung schließlich auf drinnen. Hätte
Luca nicht schon einen Masterabschluss gehabt, so hätte er spätestens
jetzt eine Arbeit über die Positionierung von Weihnachtsbriefen verfassen
können.

Selbstverständlich musste Luca Benni dann auch noch ins Bett bringen.
Heute war er es also, der Benni fragte, was er denn alles Schönes erlebt
hatte und wovon er denn jetzt träumen würde. Luca hatte so eine Art, das
Positive aus allem herauszupicken und das Schöne zu betonen. Für Benni
war der Tag ein voller Erfolg gewesen: Er hatte Kekse als Belohnung oder
eher Bestechung fürs Christkind gebacken. Damit stand seinen Wünschen
nichts mehr im Weg. Luca war zu Besuch gekommen und dann war er auch
noch Karussell gefahren. Eigentlich hätte er also glücklich einschlafen
können, wenn es nicht so aufregend gewesen wäre, Luca in seinem Zimmer
ganz für sich allein zu haben.

3. Dezember ⋆Dienstag⋆

»Benni, jetzt zieh schon deine Schuhe an, du wolltest doch noch ein paar Kekse zu Oma Frieda und Opa Karl bringen.« Thomas versuchte vergebens, seinen trödelnden Sohn anzutreiben.

Frieda und Karl waren die Nachbarn, die nur zwei Türen weiter im selben Haus wohnten. Sie waren nicht wirklich Bennis Großeltern. Sie halfen den jungen Eltern gerne mit Benni, brachten ihn an einigen Tagen zum Kindergarten und übernahmen ein paar Stunden Betreuung am späten Nachmittag, bis Petra und Thomas nach Hause kamen. Damit hatten sie sich den Titel Großeltern redlich verdient und anscheinend auch nichts dagegen, dass Benni sie so nannte. Als sie ihn eines Tages vom Kindergarten abgeholten und die anderen Kinder gefragt hatten, ob das die Oma und der Opa wären, meinte Benni mangels besseren Wissens einfach: »Ja.« Und seither war es eben so.

Die sogenannten Großeltern sollten natürlich auch selbstgebackene und liebevoll bekleckerte Kekse bekommen. Benni bestand darauf, sie ihnen noch vor dem Kindergarten zu bringen.

»Der Opa Karl liest doch am Morgen seine Zeitung, da braucht er die Kekse jetzt, Papa«, der Bub schlug einen belehrenden Ton an. Also wirklich, wie konnte das seinem Vater denn bitte nicht klar sein?

Thomas schob Benni also mit einem Teller Kekse in der Hand zur Tür hinaus, in Richtung Friedas und Karls Wohnungstür. Er drückte Karl den Teller mit einem Redeschwall in die Hand und erzählte von seinen Wünschen und vom Brief ans Christkind und, eben, daher die Kekse.

Ach ja, da war ja noch was, der Brief ans Christkind. Thomas hatte sich zum Glück daran erinnert, als er Benni weckte und den Brief schnell vom Fensterbrett genommen. Benni wäre sicherlich enttäuscht gewesen, wäre der Brief noch da gewesen. In einem kurzen Anflug von Panik, wie nur Eltern kleiner Kinder ihn kennen, hatte Thomas den Brief ins Regal zwischen zwei Bücher gesteckt. Nicht, dass Benni ihn dort später noch finden würde, wenn er nach dem Kindergarten mit Frieda und Karl in seinem Zimmer spielte. Er würde wohl irritiert sein und der Glaube ans Christkind, der ohnehin zu bröckeln begann, wäre in Gefahr. Thomas wartete kurz, bis die drei außer Sichtweite waren, und ging nochmal zurück in die Wohnung, um den Brief zu holen. Er schickte Petra ein Foto und kommentierte: *Rennbahn, war ja klar.*

Auf dem Bild waren auch Menschen zu sehen, aber dabei dachte sich Thomas nichts. Vermutlich einfach die Freunde, mit denen Benni dann mit der Rennbahn spielen wollte. Petra interpretierte die gemalten Menschen jedoch nicht als vorhandene, sondern fehlende Freunde, was dazu führte, dass sie wieder das mulmige Gefühl der Sorge überkam, dass Benni nicht glücklich war. Was sie nicht wusste, war, dass Benni tatsächlich in dem Moment überglücklich mit Frieda und Karl in Richtung Kindergarten hüpfte. Dort angekommen, begrüßte er die Gruppenleiterin Sonja ebenfalls mit einem Redeschwall. Auch sie musste sofort erfahren, dass der Brief ans Christkind mit Keksen bereits gestern Abend platziert worden war und heute Morgen auch schon weg war. Mission erfüllt, jetzt konnte er sich also wieder ums Tagesgeschäft kümmern. Mit einem kurzen »Tschüss Oma Frieda, Opa Karl« war er auch schon dahin.

Karl ging zurück nach Hause und widmete sich sofort den Keksen und seiner Zeitung. Frieda ging weiter, um ihre älteste Freundin abzuholen, mit der sie an den meisten Vormittagen der Woche eine Runde in der Stadt drehte. Gestern hatte diese keine Zeit gehabt, da ihre Nichte zu Besuch war und sie sie nicht gleich nach dem ersten Frühstück schon allein lassen wollte. Aber heute war es höchste Zeit, dass sie sich trafen, um von den neuesten Ereignissen zu berichten.

———

Und ereignet hatte sich tatsächlich schon einiges in den letzten Tagen. Die

Tante staunte nicht schlecht, als ihr die Julia beim Frühstück von ihrem Besuch am Weihnachtsmarkt erzählte. Davon, wen sie alles schon getroffen und wen sie kennengelernt hatte, und dass sie sich tatsächlich schon für den heutigen Abend verabredet hatte.

Julia würde eine Schneeschuhtour machen, wodurch sich die Tante veranlasst fühlte, den Knödelmittwoch um einen Tag vorzuverlegen. Das blasse Kind brauchte schließlich Energie. Also würde sie bei ihrer Stadtrunde mit Frieda Knödel im Delikatessenladen mit selbstgemachter Südtiroler Hausmannskost holen. Die Tante kochte nämlich nicht, sie besorgte lediglich Essen. Sie war sehr selektiv fleißig, das hieß, sie konnte eine tüchtige und emsige Arbeiterin sein, aber sie konnte auch bequem sein. Wenn es in den Weinbergen zu tun gab, war sie sich, wie man hier so schön sagte, für nichts zu schön und tat das, was getan werden musste. Mittlerweile war sie etwas älter und das Team war eingespielt, aber trotzdem gab es immer wieder Phasen, wo auch die Tante körperlich mit anpackte. Anders hielt sie es mit ihrer Küche, die war insbesondere ein Ort zum Glühweintrinken und im Sommer vielleicht noch, um einen Spritz zu mixen. Die Tante kochte nicht, niemals. Trotzdem gab es bei ihr eine gute Küche. Über die Jahre hatte sie sich ihre Lieferanten zurechtgelegt, sodass auch spontane Gäste durchaus staunten. Der Bäcker brachte ihr frische Vinschgerlen, würziges Brot mit Kümmel und frische Semmeln sowie Milch, Butter und andere Lebensmittel, außerdem Grissini und Schüttelbrot. Die wichtigsten Mahlzeiten des Tages waren also abgedeckt: das Frühstück und der Aperitivo.

Frisches Obst und Gemüse gab es im schlosseigenen Garten. Dieser wurde wie selbstverständlich von ihrer Küchengehilfin mitgepflegt. In dieser Zeit waren nicht viele Arbeiter auf dem Schloss, sodass deren Versorgung auch keine große Sache war und das Mittagessen für alle keinen großen Aufwand darstellte. Deshalb hatte ihre Helferin in der Vorweihnachtszeit bereits frei. Das Essen wurde ohnehin meist schon vorgekocht geliefert oder es gab Gerichte, die nur noch ins kochende Wasser gegeben werden mussten.

Beim Delikatessenladen gab es selbstgemachte Schlutzkrapfen, die Südtiroler Variante von Ravioli in halbrunder Form mit Ricottafüllung. Außerdem gab es saisonal unterschiedliche Füllungen. Natürlich gab es auch Knödel mit verschiedenen, auch saisonalen unterschiedlichen Zutaten, die die Tante nun schon seit Jahren jeweils am Mittwoch servierte.

»Knödel machen stark«, rief sie jetzt ausnahmsweise am Dienstag.

Julia hatte schon als Kind immer gerne bei der Tante den Kühlschrank geplündert. Und die Tante hatte gerne gesehen, dass Julia einen gesunden Appetit hatte.

»Das ist die Bergluft«, hatte sie dann immer gesagt, »die macht Hunger.«

Als kleines Kind hatte Julia die Aussage nicht verstanden, denn sie hatte unten in der kleinen Stadt ja auch Hunger und nicht nur oben auf dem Weinschlössl.

Julia stürzte sich auf die Knödel und den dazu passenden Krautsalat. Sie konnte ein bisschen Stärke gut gebrauchen. Denn beim Gedanken an die bevorstehende Tour meldete sich eine leichte Verunsicherung und sie stellte sich die gleiche Frage wie gestern: Wie war es jetzt bitte dazu gekommen?

—

Gestern hatte sich Julia noch Gedanken gemacht, ob sie ihren Erholungsplan einhalten könnte und nicht vom Schlössl, vom Glühweinstand und von all den Dingen, die die Leute hier ständig zu tun haben, absorbiert werden würde. Und heute hatte sie direkt eine Verabredung zum Schneeschuhwandern. Endlich konnte sie ihre Sportsachen auspacken und sich fertig machen für einen Ausflug im Schnee.

Luca war die dritte Person, mit der sie gestern geredet hatte und der sie ihre Geschichte erzählt hatte – dreimal anders. Dem Jungen hatte sie erzählt, dass sie aus Hamburg war. Dem Jungen, über den sie später erfahren hatte, dass er Benni hieß. Bei der Gelegenheit fiel ihr ein, dass der Junge vielleicht noch gar nicht wusste, wie sie hieß. Sie hatte sich ja auch nicht vorgestellt. Seiner Mutter hatte sie erzählt, dass sie sich eine berufliche Auszeit nahm und ihre Verwandten über Weihnachten besuchte. Luca hatte sie eine weitere Perspektive geboten. Sie hatte ihm erzählt, was sie beruflich machte und dass sie gerne in den Bergen war und sie hier zu Besuch bei ihrer Familie wäre. Er hatte ihr sofort angeboten, sie herumzuführen. Sie konnte nicht genau sagen, ob er an ihr interessiert war oder ob das einfach die italienische Art war, alles sofort in ein geselliges Beisammensein zu verwandeln.

Jedenfalls stand sie jetzt bereit. Sie war von Kopf bis Fuß in wärmende Wintersportbekleidung gepackt und hielt ihre Schneeschuhe in der Hand.

Sie wartete unten an der Auffahrt, wo Luca sie auflesen würde.

Sie war gespannt, wie das ablaufen würde. Luca sah definitiv so aus, als würde er öfter nach der Arbeit noch einen Berg hochlaufen. Sie war zwar fit, aber schon länger nicht mehr in der Höhe gewesen, und es überraschte sie dann doch jedes Mal wieder, was das ausmachte.

In Hamburg konnte sie – wenn sie musste –, ohne Probleme schnell loslaufen, um den Bus noch zu erwischen, oder einmal mehr in die Pedale treten, wenn sie spät dran war. In Südtirol brauchte sie jedes Mal ein paar Tage, um sich zu akklimatisieren. Und die paar Tage, nun ja, die waren zwar irgendwie rum, aber irgendwie hatte sie diese nur mit Glühweintrinken verbracht. Deshalb befürchtete sie, dass sie Luca gar nicht hinterherkommen würde. Aber das hielt sie nicht davon ab, Ja zu sagen, denn sie hatte Lust auf Berge und fand Luca sympathisch. Er war augenscheinlich ein Freund der jungen Familie, also vermutlich kein Schwerverbrecher, und ihr Cousin hatte auch zustimmend genickt. Also war er wohl nicht als Gigolo oder Komplettversager oder Freak bekannt. Daher war Julia jetzt einfach gespannt auf den Abend. Ihre Sorge galt nun noch ihrer Fitness.

—

Nachdem Luca angekommen war, lud er Julias Ausrüstung direkt in sein Auto und hielt ihr die Tür zur Beifahrerseite auf. Das machte Julia etwas nervös. Es war schon länger her, dass sich jemand um sie gekümmert hatte. War Luca denn so ein Typ? Einer, der sich kümmerte?

Während der kurzen Autofahrt betrachtete Julia ihn möglichst unauffällig von der Seite. Seine Mütze war tief in die Stirn gezogen. An seiner rechten Schläfe hatte sich eine dunkle Locke befreit, die sich eigensinnig nach oben drehte. Die war ihr gestern schon aufgefallen. Auf seiner geraden Nase sah sie Abdrücke einer Brille. Sie konnte sich gut vorstellen, wie er damit aussah. Konzentriert, aber freundlich. Die kleinen Fältchen um seine Augen verrieten, dass er sie häufig zusammenkniff. Er lächelte viel. Ein ehrliches Lächeln mit den Augen. Auch das war ihr gestern schon aufgefallen.

Am Ausgangspunkt half Luca ihr in die Schneeschuhe und erklärte ihr die Tour.

»Es ist wirklich nicht weit. Und du kannst dich schon auf die Hütte freuen.

Das Essen ist fantastisch. Du wirst sehen, es lohnt sich.«

Julia war erleichtert. Denn tatsächlich war das Essen auf der Hütte genau die Belohnung, die sie sich von einer Tour erhoffte. Schön, dass Luca anscheinend auch so dachte und nicht einer jener Bergsportler war, die an einem Müsliriegel knabbernd halb verhungerten. Er hatte sogar eine Thermoskanne mit Tee dabei, falls Julia eine Pause brauchte oder ihr kalt werden würde.

»Wir haben ja keine Eile. Hauptsache es geht uns gut.« Er setzte anscheinend die richtigen Prioritäten. Und vielleicht war er auch wirklich jemand, der sich gut um andere kümmerte. Das gefiel ihr. Ihr gefiel auch, dass er in der Hütte zum ersten mal seine Mütze abnahm. Und tatsächlich kamen jetzt große, dunkle Locken zum Vorschein. Das Essen war wie angekündigt fantastisch. Es war überhaupt ein entspannter Abend und sie fühlte sich wohl. Sogar sehr wohl. Sie hatte auch die Tour locker geschafft. Ihre Sorgen waren im Nachhinein betrachtet komplett unnötig gewesen.

———

Komplett unnötige Sorgen machte sich gerade auch die Tante und das war für sie eine neue Erfahrung. Natürlich machte sie sich immer wieder mal Gedanken um ihre Familie und fragte sich, wie es ihr wohl ging, aber sie war es nicht gewohnt, um 23:00 Uhr abends wach im Bett zu liegen und darauf zu warten, dass jemand heil nach Hause kam. Obwohl sie tagsüber genug Trubel auf dem Schlössl hatte, war sie doch am Ende des Tages meist allein, ging ihrer Routine nach und lag relativ früh im Bett. Meistens las sie noch in einem Buch oder schaute ein bisschen fern. Und jetzt lag sie da und fragte sich, wann Julia wohl nach Hause kommen würde, wie es ihr wohl ging und ob auch alles gut gehen würde mit der Schneeschuhtour.

Es war Tag drei, und Julia hatte sich schon mit einer neuen Bekanntschaft verabredet, um im Dunkeln eine Runde zu laufen. Wenn man so darüber nachdachte, könnte das einem auch Unbehagen bereiten. Gleichzeitig war ihr natürlich klar, dass viele junge Leute hier in der Gegend nach der Arbeit noch den ein oder anderen Berg hochliefen. Outdoor nennt man das heute. Da war nichts groß dabei. Und trotzdem wurde ihr bewusst, dass sie so etwas wie Verantwortung für ein Kind hatte, auch wenn das Kind schon längst erwachsen war. Gleichzeitig war die Tante natürlich, wie alle hier, ein bisschen neugierig und überlegte auch, wie sie die Julia wohl morgen am besten ausfragen könnte. Heute hatte die Julia nicht viel erzählt. Sie meinte, sie hätte Bekanntschaft mit einem Italiener gemacht, der auch noch nicht so lange hier wohnte, und sie hätten ähnliche Interessen. Beide würden gerne in die Berge gehen, und sie hatten direkt beschlossen, einfach mal gemeinsam loszulaufen. Warum denn nicht? Julias Cousin hatte nur ein wenig gegrinst und gemeint: »Du bist ja hier, um ein bisschen Spaß zu haben. Da kannst du ja nicht nur zwischen Schlössl und Glühweinstand hin- und herlaufen, wie ich das mache. Du hast frei, also unternimm was. Und wenn du schon eine Begleitung gefunden hast, dann umso besser.«

»Umso besser«, sagte die Tante gleich mehrfach leise zu sich selbst, um sich etwas zu beruhigen und einzuschlafen. Das gelang ihr allerdings erst, als sie um 23:30 Uhr herum die Haustür hörte. Julia war also heil nach Hause gekommen.

4. Dezember -Mittwoch-

»Guten Morgen, Kind!« Die Tante steckte ihre Nase und eine Tasse Kaffee durch Julias Schlafzimmertür. »Ich dachte, ich schau mal, ob es deine müden Beine vielleicht nicht zum Frühstück schaffen und bringe den Kaffee zu dir.« Sie grinste in großer Erwartung.

Julia blinzelte sie an und begann zu lächeln, als ihr der Kaffeeduft in die Nase stieg. Genau das hatte sie jetzt gebraucht: Einen Kaffee im Bett und noch etwas über den letzten Abend nachsinnen. In ihrer Vorstellung saß allerdings nicht die Tante an ihrem Bett und schaute sie mit erwartungsvollen Augen an. Julia zögerte einen Moment, aber ihr wurde schnell klar, dass es wohl kein Entkommen gab. Die Tante würde sie schamlos ausfragen. Die Sache mit den Grenzen war in ihrer Familie auf der Südtiroler Seite noch nie ein Thema gewesen. Zwar fiel im Vergleich zu ihrem Hamburger Umfeld auf, dass einige Themen unter den Teppich gekehrt wurden, aber die Leute waren schamlos neugierig und innerhalb der Verwandtschaft gab es sowieso keine Geheimnisse oder zumindest nur dann, wenn man wirklich etwas für sich und nur für sich behalten konnte, denn sobald einer etwas wusste, tratschten alle.

»Ja, Tante, du hast recht, meine Beine sind tatsächlich etwas müde, aber ich hab so gut geschlafen wie noch nie. Zumindest glaube ich das, und das will was heißen, denn ich habe schon in meiner ersten Nacht hier so gut geschlafen wie schon lange nicht mehr.« Sie erzählte von der Schneeschuhwanderung, von der Hütte, dem Knödeltris und wie sie einfach die Schneeschuhe an Lucas Rucksack geschnallt hatten und mit einer Rodel von der Hütte losgefahren waren, nachdem ihnen der Hüttenwirt noch einen Schnaps mit auf den Weg gegeben hatte.

Die Tante war sichtlich unbeeindruckt, aber natürlich kann man eine Südtirolerin mit Knödel und Schnaps und einer Rodel auch nicht beeindrucken. Doch da war ja noch etwas anderes, was sie dann etwas ungehalten und nervös machte. Schließlich platzte es aus ihr heraus: »Und wie ist jetzt dieser Luca?«

»Ganz nett«, antwortete Julia.

»Ganz nett?«, wiederholte die Tante und wartete gespannt.

Julia versuchte, standhaft zu bleiben und sich nicht ausquetschen zu lassen, doch die Tante gab nicht auf.

»Woher kommt er denn genau? Und wie lange ist er schon hier? Und was macht er genau? Und macht er viele Touren? Und wo wohnt er denn eigentlich? Und wie gefällt es ihm hier?«, prasselten die Fragen auf Julia ein, die sie zum Teil gar nicht beantworten konnte. Denn am Vorabend waren zwei Sachen passiert: Erstens hatte Julia die meiste Zeit von sich geredet und Luca hatte ihr ruhig zugehört und sie mit kleinen Zwischenfragen zum Weitererzählen ermutigt. Und zweitens waren sie immer wieder in tiefe Gespräche über Familie, Freundschaft und Natur abgetaucht. Julia hatte es genossen, ihm zuzuhören, seine Ansichten zu erfahren und seine Perspektive auf die Dinge kennenzulernen, dass sie gar kein Bedürfnis verspürt hatte, die offensichtlichen Fakten abzuklären. Sie wusste weder, wie alt er war, noch seinen Nachnamen oder aus welchem Ort er kam oder wie lange er schon hier war. Sie wusste nur, dass er als Ingenieur arbeitete, in einer Wohnung lebte und noch kein ganzes Jahr hier war. Immerhin. Viel wichtiger: Sie wusste, dass er Familie schätzte und unterschiedliche Menschen schnell akzeptierte. Daher fiel es ihm nicht schwer, mit Menschen spontan ins Gespräch zu kommen. Aber er pflegte nur wenige tiefe Freundschaften. Es machte ihm anscheinend nichts aus, allein zu sein, draußen in der Natur, aber er genoss die Zeit mit guten Freunden und insbesondere mit Thomas, Petra und dem kleinen Benni.

Julia war in seiner Gegenwart überragend entspannt gewesen. Auch die Tour war weitaus weniger anstrengend gewesen als befürchtet. Trotz des Kaltstarts, den sie hingelegt hatte. Das waren Julias Fakten, doch die

Tante wartete immer noch auf mehr. »Tante, weißt du was«, sagt Julia schließlich, »ich zieh mir mal was an und komme runter zum Frühstück.«

»Na gut«, gab sich die Tante doch noch geschlagen und schaffte es nur beinahe, ihre Enttäuschung zu überspielen. »Dann freue ich mich gleich auf einen Frühstücksplausch.«

—

»Buongiorno, wo bist du denn gestern so schnell hin?«, fragte Thomas, der eigentlich kein Interesse daran hatte, andere auszufragen und sich bei sozialen Sachen grundsätzlich nicht einmischen wollte. Ihm ging es auch jetzt darum, mehr über die Tour zu erfahren, denn wie Luca war auch er gerne in den Bergen unterwegs.

Wie alle Jahreszeiten war auch der Winter gefühlt zu kurz in den Bergen und die Wetterverhältnisse galt es unbedingt auszunutzen. Das heißt, bestimmte Touren müssen bei Schnee gemacht werden. Und einige davon standen auch auf Thomas' Liste und wenn der Luca jetzt allein loszog, hatte Thomas fast schon Angst, ins Hintertreffen zu geraten.

Die Vorweihnachtszeit war ohnehin mit vielen anderen Terminen vollgepackt. Für den 6. Dezember hatten Thomas, Petra und Benni vor, Petras Familie zu besuchen und dort zum traditionellen Nikolausumzug zu gehen. Er war bekannt dafür, einer der größten und schönsten im Land zu sein. Es war das Ereignis schlechthin.

Thomas durfte nicht vergessen, Luca zu fragen, ob er mitkommen wollte. Oder besser gesagt, Petra hatte Thomas beim Frühstück fünfmal daran erinnert, dass er Luca unbedingt einladen müsste. Luca kannte die Tradition noch nicht und hatte auch den Umzug noch nicht gesehen. Und Benni würde sich freuen, wenn er dabei wäre.

Der 6. Dezember fiel dieses Mal auf einen Freitag, was doppelt so gut war. Dann könnte es abends auch etwas länger gehen, denn am nächsten Tag mussten sie nicht zur Arbeit und noch viel wichtiger, Benni nicht in den Kindergarten.

»Hast du am Freitag schon etwas vor?«, fragte Thomas schließlich.

Luca war sich nicht sicher und meinte erst mal: »Nicht unbedingt.«

»Dann komm doch mit uns zum Nikolausumzug. Wir fahren zu Petras Familie. Das wird lustig.«

»Okay«, sagte Luca zögerlich.

Aber Thomas, der nichts auf Zwischentöne gab, ließ nicht locker. »Benni freut sich, wenn du mitkommst, und du kannst doch an allen anderen Tagen noch Skitouren machen. Am Wochenende soll die ganze Zeit super Wetter sein. Es wird am Freitag schon etwas später werden, aber du gehörst ja ohnehin nicht zu den Frühaufstehern, also verpasst du am Samstag auch nichts.«

Luca zögerte immer noch. »Va bene, passt.«

Thomas hätte spätestens an dieser Stelle nachfragen können, aber das tat er nicht. Luca würde ihm schon sagen, wenn es ihm mit Benni zu viel werden würde oder er lieber allein eine Tour machen wollte.

Luca hingegen wollte gar nicht allein sein. Thomas lag mit seinen Überlegungen also komplett falsch. Hätte er doch nur mal gefragt. Dann wüsste er jetzt, dass Luca mit Julia vereinbart hatte, dass sie am Wochenende eine längere Tour machen würden, um die Gegend zu erkunden. Er war zwar auch nicht ganz lokal, aber immerhin etwas lokaler als sie, und so war er schon die ganze Zeit damit beschäftigt, sich zu überlegen, was er am Wochenende Julia Schönes zeigen könnte.

———

Auch Julia war schon gespannt aufs Wochenende. Jetzt hingegen wäre sie gerne allein gewesen, aber das war ihr nicht vergönnt, denn zur Tante gesellte sich gleich auch noch der Kellermeister an den Tisch, der anbot, ihr die neuen Anlagen im Weinkeller zu zeigen. Das Schlössl hatte im Sommer zuvor einige größere Modernisierungen gemacht und Julia hatte die neuen Maschinen noch nicht gesehen. Auch darauf war sie gespannt, zwar nur fast so gespannt wie aufs Wochenende, aber trotzdem stimmte sie zu.

———

Am gespanntesten von allen war jedoch der kleine Benni.

»Sonja, wann kommt denn nun das Christkind und bringt mir meine Wünsche? Ich habe am Montag, das war der Vortag vor gestern–«

»Vorgestern«, korrigierte ihn Sonja ruhig.

»Ja, am Vorgestern habe ich meinen Brief geschrieben.«

»Ich weiß«, seufzte Sonja. Der Junge war ganz aufgeregt. »Und ich habe dir und den anderen Kindern gestern erklärt, wie lange es noch dauert bis Weihnachten. Schau da, es sind erst vier Türchen vom Adventskalender geöffnet.«

Benni blickte besorgt auf die größtenteils verschlossenen Türchen des Adventskalenders.

—

»Frieda, wir müssen das Christkind beschnellern«, sagte er an der Hand von Oma Frieda auf dem Heimweg vom Kindergarten.

»Was müssen wir?«, fragte Frieda irritiert.

Benni wurde lauter, als hätte sie ihn schlecht gehört. »Das Christkind ist zu langsam! Und wenn der Papi mit dem Luca über die Arbeit redet und dort etwas zu langsam geht, dann sagt er immer: Wir müssen es beschnellern.«

Frieda lachte. Sie konnte sich die Gespräche zwischen Thomas und Luca gut vorstellen. Vermutlich ging es um ihre Projekte, die beschleunigt – und nicht beschnellert – werden sollten. »Kann es sein, dass du *beschleunigen* meinst?«

Natürlich konnte das sein, aber Benni reagierte nicht darauf. Er wollte einfach, dass es schneller ging und wie das hieß, war ihm egal. Er kam nicht weiter und wollte Frieda um Hilfe bitten. Dabei gab es nur ein Dilemma. Eigentlich durfte er niemandem erzählen, was er sich vom Christkind gewünscht hatte. Denn seine Kindergärtnerin Sonja hatte den Kindern nahegelegt, sie sollten den Brief zwischen ihnen und dem Christkind geheim halten. Es war ja schön und gut, wenn sich die Kinder über ihre Geschenke freuten. Aber es sollte kein Konkurrenzkampf sein. Daher hatte sie den Kleinen erzählt, dass geheime Wünsche viel eher vom Christkind erfüllt werden würden. Daraufhin hatten die Kinder ihre Lippen zusammengepresst und nicht mehr mit großen und noch größeren Geschenken aufgetrumpft. Auch Benni selbst sagte nichts mehr. Zuerst aus Trotz gegenüber den anderen, die ihm nichts mehr verrieten, dann hatte ihn doch noch die Einsicht erreicht, dass es wohl wirklich besser wäre, zugunsten der Wunscherfüllung aufs Tratschen zu verzichten.

Jetzt ging es ihm aber zu langsam. Seit dem Vorgestern wartete er nun schon auf ein Zeichen. Nichts. Die Geduld eines Fünfjährigen hatte schließlich auch mal ein Ende. Aber was sollte er tun? Sollte er Frieda doch von seinem Wunsch erzählen?

»Ich brauche jetzt vom Christkind, was ich mir gewünscht habe.«

»Benni«, sagte Frieda eindringlich, »ich fürchte, du musst wie alle anderen Kinder bis Weihnachten warten.«

Die Antwort gefiel Benni gar nicht. Er verlangsamte seinen Schritt und seine Miene wurde traurig. Das bemerkte auch Frieda.

»Benni, sag mal, was ist denn los? Du weißt schon, dass du mir und dem Opa Karl alles erzählen kannst. Wir helfen dir, wenn du etwas brauchst.«

Petra hatte ihnen von der Befürchtung erzählt, dass den Bub etwas plagen könnte und er vielleicht einsam wäre. Sie beide hatten versucht, Petra zu beruhigen, denn, ja, der Kleine hatte schon seine komischen Momente, aber unglücklich oder einsam wirkte er nicht auf sie. Aber was konnte es dann sein?

»Ich kann es dir nicht sagen, weil sonst geht mein Wunsch nicht in Erfüllung.«

Aha, daher wehte also der Wind. Frieda fand, dass sich die Sonja mit den Kindern viel Mühe gab und sehr lieb war. Aber manche dieser modernen Erziehungsmethoden fand sie einfach nur deppert. Und so platzte es aus ihr heraus: »So ein Quatsch. Du sollst brav sein, damit dein Wunsch in Erfüllung geht. Du sollst es niemanden erzählen. Was denn noch?« Benni schaute sie verdutzt an. »Tut mir leid, ich meine, das Christkind hat sich deinen Brief geholt und arbeitet sicherlich schon fieberhaft an deinen Wünschen. Und weißt du was, wenn ich dem Christkind helfen kann, dann ist es sicher nur froh.«

Benni fixierte sie immer noch, doch so langsam wurde er neugierig. Er riss die Augen weiter auf. Frieda nutzte die gewonnene Aufmerksamkeit und fuhr fort: »Ich habe dem Christkind auch schon bei den Wünschen meiner Kindern geholfen.«

Jetzt riss er auch den Mund auf und staunte. »Wirklich?«

»Ja, und der Opa Karl auch«, legte Frieda noch nach. Das war's. Jetzt hatte sie ihn überzeugt und er erzählte ihr von seinem sehnlichsten Wunsch. Und von der Rennbahn, die er ebenfalls haben wollte.

5. Dezember ⋅Donnerstag⋅

Der Kellermeister, der Obermaier, war ein alter Hase. Mit seinen weißen
Haaren und der blauen Schürze wirkte er wie ein lebendiges Weinlexikon.
Er war geschmeichelt von Julias Interesse, denn sie wollte es wirklich
genau wissen. Er hatte ihr gestern gezeigt, wie der Wein gemacht wurde,
wie er gelagert und abgefüllt wurde. Sie hatte viele Fragen gestellt und
er hatte alle beantwortet. Der Tag war wie im Flug vergangen. Jetzt stand
Julia wie selbstverständlich wieder in seinem Büro und wollte wissen, was
es denn heute zu tun gäbe.

Er grinste sie an. »Heute spiele ich wieder Detektiv. Ich verkoste die Weine
regelmäßig und achte auf kleinste Veränderungen. So kann ich frühzeitig
erkennen, ob alles nach Plan läuft oder ob wir eingreifen müssen.« Er stand
auf und deutete ihr mitzukommen. Sie gingen in Richtung Lager. »Ich
habe dir ja gestern unsere Jungweine gezeigt. Die schlafen noch in ihren
Fässern. Sie brauchen meine Aufmerksamkeit. Ich prüfe regelmäßig, ob die
Gärung gut verläuft und ob alles in Ordnung ist. Manchmal müssen wir die
Weine auch umfüllen, damit sie optimal reifen können.«

»Du trinkst den ganzen Tag Wein? Schon wieder?«, fragte sie belustigt und
gleichzeitig ungläubig.

»Nicht nur. Der Keller muss immer sauber und ordentlich sein. Im Winter
nutzen wir die Zeit, um gründlich zu putzen und alles für die nächste Lese

vorzubereiten. Ich habe diese und nächste Woche noch zwei Arbeiter da, die mir helfen, ein bisschen umzustellen.«

»Umzustellen?«

»Ja, dein Cousin und ich überlegen, welche Rebsorten wir im nächsten Jahr anbauen wollen, wie wir die Weinberge pflegen und welche neuen Weine wir kreieren möchten. Und was wir dafür im Keller umstellen müssen.«

»Ein neuer Wein?« Bei neuen Produkten musste Julia aufhorchen.

»Na ja, eher alter Wein in neuen Schläuchen«, witzelte der Obermeier. Dann überlegte er. »Nein, das stimmt eigentlich nicht. Es ist für uns schon eine neue Weinsorte, aber wir füllen ihn in die alten Schläuche.« Julia sah ihn verwirrt an. »Ich meine die alten Fässer und Flaschen und so.« In Julias Kopf fing es an zu rattern: Verpackung, Aufmachung ... das ganze Marketing.

»Habt ihr euch das gut überlegt? Ihr wollt etwas Neues machen und es nicht nur neu präsentieren?«

Wieder grinste der Kellermeister und nickte gemächlich. »Außer du hast eine bessere Idee.« Dabei war er sich selbst nicht sicher, ob die Julia jetzt ihm oder er der Tante auf den Leim gegangen war. Dass die Tante versuchte, die Julia so offensichtlich und schamlos aufs Weinschlössl zu locken und sie im Marketing einzuspannen, wusste er. Er hatte ihr noch gesagt, sie solle ihn bloß nicht für ihre Strategien einspannen. Nun war es wohl doch passiert. Die Julia passte aber auch gut hierher, dachte er sich.

———

»Ja, Mama, wir kommen morgen zum Umzug, wir drei und der Luca kommt auch mit, der Kollege vom Thomas, weißt du, der auch beim Grillen diesen Sommer dabei war.« Als sie sich vom Sommergrillen reden hörte, kam ihr eine Idee.

»Ach, das ist ja der Nette«, freute sich Petras Mutter am anderen Ende der Leitung. »Da wird der Benni sicher wieder nur an ihm hängen.«

»Ja, der ist schon recht fixiert. Der Luca macht auch alles mit. Ich frag mich manchmal, ob den beiden nicht jemand gleichen Alters guttun würde.«

»Na ja, dein Kuppelversuch mit deiner Schwester beim Grillen war ja gar nichts.«

Petra hatte ihre Schwester Lena, die seit kurzem Single war, recht auffällig mehrmals in Lucas Richtung bewegt, aber ohne Erfolg. Zwar waren die beiden recht freundlich zueinander, aber zwischen dem Bergsportler Luca und der immer etwas zu sehr aufs Äußerliche bedachten Partymaus gab es so gar keinen Funken.

Es entstand eine kurze Pause.

Schließlich brach Petras Mutter das Schweigen mit einem Seufzer. »Petra, lass es.«

»Was denn?«

»Das, was du immer machst: Kuppeln und knüpfen und Schicksal spielen.«

Petra verdrehte die Augen, was ihre Mutter am anderen Ende der Leitung natürlich nicht sehen konnte.

»Ich meine es doch nur gut. Der Luca braucht eine Freundin.«

»So so, tut er das?«, zweifelte Petras Mutter und hielt den sarkastischen Unterton nicht zurück.

»Und wo wir gerade dabei sind: Ich glaube, Benni braucht Freunde. In seinem Alter, meine ich. Irgendwie ist er in letzter Zeit komisch. Er redet immerzu davon, dass er ja schon Freunde hat, aber er ist dann doch unzufrieden. Ich weiß nicht, was da los ist.«

»Achja? Ich kann mir das nicht vorstellen. Der Benni ist doch so ein Aufgestellter«, beruhigte die Mutter. Sie war der Meinung, dass Petra sich eh schon zu viele Gedanken machte. Sie selbst sah die Dinge etwas lockerer. Vielleicht lag es auch daran, dass sie die Kinder und dadurch die Sorgen schon hinter sich hatte. Jetzt, als Oma, fand sie, stand es ihr zu, einfach den freudigen Teil an den Kindern, in dem Fall ihr Enkelkind, zu genießen. Und Benni war wirklich ein Aufgestellter.

»Wisst ihr jetzt eigentlich schon, wie ihr das an Weihnachten macht? Wär schon komisch, hier bei uns ohne euch.«

»Mama, irgendwie glaube ich, es täte auch dem Benni gut, wenn wir einfach mal als kleine Familie feiern würden. Ich kann mir vorstellen, dass es ohnehin das letzte Weihnachten ist, an dem er ans Christkind glaubt, und wenn wir dann noch sagen, es kommt bei euch und nicht bei uns ...«

»Aber so kennt er das doch schon, dass wir alle zusammen sind und das Christkind zu uns allen kommt, da wo wir halt sind.«

»Ich weiß nicht, Mama, es wird ja auch recht eng bei euch, jetzt wo die Leni auch wieder daheim wohnt.«

»Ja, hättest du sie mal verkuppelt, dann hätten wir das Haus für uns«, scherzte Petras Mutter.

»Siehst du, hättest du mich mal machen lassen«, triumphierte Petra.

War da nicht noch etwas, das sie machen wollte? Ah ja, ein Sommergrillen. Nein, natürlich wollte sie kein Sommergrillen im Winter veranstalten. Aber jetzt, da sie ja an Weihnachten nicht zu ihren Eltern fahren würden, könnten sie genauso gut am 23. eine kleine Weihnachtsfeier mit Freunden veranstalten. Und einfach alle, die kommen wollten, einladen. Insbesondere die Frauen in Lucas Alter, die Single waren. Einmal mehr triumphierte Petra über ihre Genialität.

———

Oma Frieda hatte Benni vom Kindergarten abgeholt und noch ein paar Stunden betreut. Eigentlich war es Thomas' Nachmittag mit Benni, aber der musste mit Luca noch etwas im Büro fertig machen, damit sie morgen früher zum Krampusumzug los konnten, und so waren Frieda und Karl für ein paar Stunden eingesprungen. Inzwischen war Petra nach Hause gekommen. Frieda war noch kurz dageblieben, damit Petra in Ruhe telefonieren und kochen konnte. Und weil Benni mit ihr noch nicht fertig mit ihr war. Er hatte Frieda förmlich in sein Zimmer gezerrt und ganz geheimnisvoll getan. Er müsse ihr doch etwas sagen, dann müsse er ihr noch etwas zeigen und sie müssten doch noch etwas tun. Als Petra die beiden anschaute, ahnte sie zwar, dass Benni etwas vorhatte. Sie entschied sich aber, nicht nachzufragen, sondern lieber die Zeit zu nutzen, um ihre Mutter anzurufen. Vielleicht wollte er Frieda auch einfach nur noch ein wenig für sich haben.

»Also, Benni, ich habe mir schon überlegt, wie ich dem Christkind helfen kann. Die beste Freundin von deiner Mama, die wohnt ja in Mailand, aber vielleicht kann sie Weihnachten herkommen? Dann hat deine Mutter an Weihnachten eine Freundin hier. Wäre das was?«

Benni überlegte kurz und kratzte sich mit dem Zeigefinger auf der Nase, ein sicheres Zeichen für Frieda, dass er am Grübeln war.

»Eine Freundin zu Weihnachten ist sicher etwas, das glücklich macht.«

»Gell, das glaube ich nämlich auch. Vielleicht können wir deinen Papa fragen, ob er uns helfen kann, Mamas Freundin anzurufen.« Es war schließlich nicht anzunehmen, dass der Fünfjährige die Kontaktdaten hatte. Und mit der konkreten Organisation hatte es so ein kleines Kind auch nicht. Die Details der Umsetzung langweilten ihn jetzt schon ein bisschen. Das merkte Frieda daran, dass er sich jetzt langsam auf die Wange tippte und aus dem Fenster in die Weite starrte.

Ein bisschen Sorge bereitete ihm auch immer noch die Frage, ob man seine Wünsche ans Christkind jetzt wirklich weitererzählen dürfte. Denn wenn die Oma Frieda jetzt auch noch zu seinem Papa gehen würde, dann würde er ja auch Bescheid wissen. So gut konnte sogar der kleine Benni schon kombinieren. Entsprechend formulierte er einen Einwand.

»Aber dann weiß Papa ja auch meinen Wunsch. Tut er auch dem Christkind helfen?«

Frieda verstand sofort, woher Bennis Bedenken kamen, und wollte sie schnell zerstreuen.

»Ja, das ist kein Problem. Wenn du dir nicht direkt etwas für jemand anderen gewünscht hast, also eben nicht für deinen Papa, sondern in dem Fall für die Mama, dann kann dein Papa dem Christkind ohne weiteres helfen.«

Das wurde ja immer schöner, jetzt konnten plötzlich alle dem Christkind helfen, sofern sie nicht vom Wunsch betroffen waren. Man kann schon verstehen, dass ein Fünfjähriger von so einer Nachricht erst mal irritiert war, und so fragte Benni auch ungläubig: »Wirklich, bist du dir sicher? Woher weißt du das alles? Hat dir das das Christkind gesagt? Was ist, wenn es nicht stimmt?« Er war sichtlich irritiert und verunsichert.

Frieda redete sich um Kopf und Kragen, aber schließlich konnte sie den kleinen Benni soweit überzeugen, dass es in Ordnung wäre, den Papa nach der Nummer von Mamas Freundin *für eine Überraschung* zu fragen, ohne ihm direkt vom Wunsch zu erzählen.

———

Als Petra fertig telefoniert hatte und zum Abendessen rief, kamen beide mit einem verschmitzten Lächeln aus dem Zimmer und meinten: »Wir sind jetzt auch fertig und haben alles abgemacht.« Es ist schon spannend, was Fünfjährige immer so aushecken, dachte Petra und überlegte sich, ihn vielleicht später nochmal darauf anzusprechen. Für den Moment machte sie sich daran, Benni in einen Schutzanzug zu stecken. Man könnte es auch der Tatsache halber als altes Hemd von Thomas bezeichnen. Es gab nämlich Minestrone und Petra wollte die Kollateralschäden des roten Eintopfs minimieren. Beim Einschlafen fragte Petra ihren Sohn: »Was hast du denn heute mit Frieda so Wichtiges bereden müssen?«

Benni riss die fast geschlossenen Augen nochmal auf. »Aber Mama, dir darf ich das doch nicht sagen!«

Petra sah ihn verdutzt an, als Benni wieder die Augen schloss und einschlief.

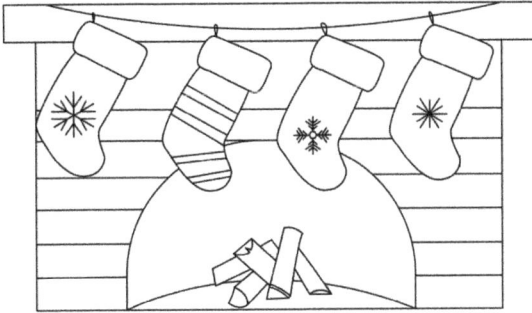

6. Dezember ⊱Freitag, Nikolaus⊰

Benni bestand darauf, den ganzen Umzug über auf Lucas Schultern zu sitzen. Thomas hatte immer wieder versucht, ihn abzulösen, aber Luca hatte abgewinkt und Benni war froh darüber. Er saß stolz oben auf Luca und verkündete allen: »Ich zeige dem Luca den Umzug.«

Er war natürlich auch erst seinen Großeltern freudig zum Empfang entgegengesprungen. Er hatte sich von ihnen und seiner Tante Leni drücken lassen und ganz aufgeregt etwas von Oma Frieda und dem Christkind erzählt. Als der Umzug losging und die ersten als Teufel verkleideten Krampusse auftauchten, war ihm doch etwas mulmig. Da hatte Luca ihn sich kurzerhand geschnappt und hochgehoben. Und jetzt wollte Benni nicht mehr runter.

»Das hast du nun davon.« Thomas blickte ihn mitleidig an. »Sag, wenn ich dir zwischendurch etwas zu trinken holen soll.«

»Wie wird das denn organisiert?«, fragte er.

Thomas erklärte: »Das sind Vereine, die Teufel sind Mitglieder und machen eben den Krampusumzug. Und kommen mit der Rute zu den Kindern, die nicht brav sind«, wandte er sich grinsend an seinen Sohn.

»Nein, Papi, die tun nur erschrecken, das hat mir die Mami schon erklärt. Du willst dem Luca nur Angst machen, aber Luca, du musst keine Angst haben, gell«, sagte Benni etwas zu sicher auf seinem hohen Thron.

»Aber schwarz anmalen tun sie alle Kinder, die nicht ins Bett gehen wollen«, stichelte Thomas weiter und winkte einen Teufel heran, der Benni sofort mit schwarzer Farbe eine schwarze Nase malte, sich dann den beiden Männer zuwandte um auch ihnen schwarze Farbe über die Wangen zu streichen.

»Das hast *du* jetzt davon«, sagte Luca.

———

Auf der Heimfahrt schlief Benni, angelehnt an Lucas Schulter, auf dem Rücksitz ein. Auch Luca hatte die Augen geschlossen. Petra hatte es wieder nicht geschafft, ihn über sein Privatleben auszufragen, und jetzt schlief er anscheinend und sie wollte ihn nicht wecken.

Thomas erkundigte sich bei Petra, wie ihre Familie die Nachricht aufgenommen hatte, dass sie Weihnachten nicht mit ihnen feiern würden.

»Sie verstehen es, aber ich musste ihnen versprechen, dass wir am 2. Weihnachtsfeiertag kommen. Ich dachte, wenn wir am 25. schon gleich in der Früh losfahren, dann war die ganze Aktion, Weihnachten allein zu feiern, eigentlich umsonst. Ich möchte schon auch mal ausschlafen und im Pyjama noch gemütlich vor dem Baum frühstücken.«

Erst bei diesen Worten merkte Petra selbst: »Oh, stimmt, dann brauchen wir ja einen Baum und Deko.«

Ihre Wohnung war so gar nicht weihnachtlich ausgestattet. Die letzten Jahre hatte sie sich keine große Mühe gemacht, weil sie ja Weihnachten ohnehin nicht daheim verbracht hatten und somit nicht viel von der Dekoration und schon gar nicht von einem Weihnachtsbaum gehabt hätten. Entsprechend waren die Dekorationsvorräte der kleinen Familie eher dürftig.

»Außerdem ist da ja noch die Weihnachtsfeier mit unseren Freunden«, fuhr Petra fort. »Falls wir die bei uns machen, muss es schon auch weihnachtlich aussehen.«

»Welche Weihnachtsfeier?« Thomas konnte nicht wissen, was Petra ihm noch nicht gesagt hatte.

»Stimmt. Davon weißt du ja noch nichts.«

Man konnte Thomas zwar vorwerfen, dass er sich ganz gerne mal aus Sachen raushielt, aber schwer von Begriff war er nicht. Jetzt konnte er den Gedanken seiner Frau aber nicht folgen. Er warf ihr einen fragenden Blick zu.

»Also«, begann Petra von ihrer Idee zu erzählen, »der 23. ist ein Montag. Da wir nicht schon am Wochenende zu meinen Eltern fahren, können wir den Tag gut nutzen und eine kleine Party veranstalten. Für alle, die da sind.«

»Oh, das geht aber schnell. Ich dachte, du bist doch ein bisschen traurig, dass wir nicht mit deinen Eltern feiern, aber du planst schon fröhlich Partys.«

»Na ja, das eine hat mit dem anderen ja nichts zu tun.«

»Womit hat es denn zu tun?« Bei der Frage spähte Thomas für eine Sekunde in den Rückspiegel zu Luca. Nein, man konnte ihm wirklich nicht vorwerfen, dass er nicht schnell schaltete. Petra ignorierte die Anspielung und fuhr mit der Party- und Dekoplanung fort. Sie nahm sich vor, das Wochenende zu nutzen, um sich um die Wohnung zu kümmern. Am besten würde sie einen Tag lang auf die Jagd nach Weihnachtsdekoration gehen und diese kleine Schachtel aus dem Keller holen, in der sich vielleicht noch etwas befand, das man auf den Baum hängen konnte.

Aber dann kam das Wochenende doch anders.

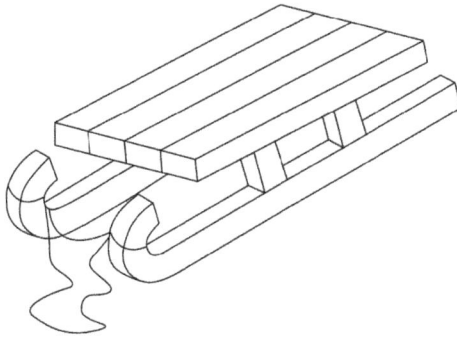

7. Dezember ⋅Samstag⋅

»Du, was läuft denn da mit dieser Julia? Ich hab schon gesehen, wie der Luca mit ihr am Karussell geredet hat. Und jetzt macht er heute eine Tour mit ihr?« Petra war neugierig. Thomas musste doch etwas wissen.

»Da weißt du mehr als ich«, gab dieser jedoch den Unwissenden.

»Luca hat doch gestern beim Verabschieden noch gesagt, dass er um zehn los muss, weil sie dann …«

Thomas' selbstgefälliges Grinsen stoppte sie.

»Ach du! Jetzt sag schon.«

»Petra, lass es«, erwiderte Thomas mit gespieltem Ernst.

Petra presste trotzig ihre Lippen zusammen. Sie konnte und wollte es nicht lassen. Luca brauchte eine Freundin, so viel stand fest. Sie konnte sich nicht vorstellen, wie ein gutaussehender, sportlicher und lieber Typ wie Luca es geschafft hatte, in dem dreiviertel Jahr, das er in der Stadt war, immer noch Single zu sein.

»Redet ihr denn überhaupt miteinander? Über so was, meine ich?« Mit *so* was meinte Petra Frauen.

»Da gibt es nicht viel zu reden. Bis jetzt hat den Luca halt keine so wirklich begeistert und angestrengt nach einer Freundin suchen tut er jetzt halt auch nicht.«

»Also mit der Julia hat er ja schon länger geredet …«

»Ja, stell dir vor, Luca redet mit Leuten«, machte sich Thomas über Petra lustig. »Er lernt auch Frauen kennen, beim Sport und so, aber lass ihn doch einfach machen. Der wird schon aktiv werden, wenn er interessiert ist.«

»Ja, aber …«, Petra wollte es nochmal versuchen, »vielleicht können wir ihm ein bisschen helfen?«

»Helfen? Wie möchtest du ihm denn bitte helfen? Du bist doch nur neugierig. Also ich *helfe* dem Luca nicht. Der sagt schon, wenn er Hilfe braucht. Die er, da bin ich mir sicher, nicht braucht.« Thomas war nicht zu bewegen. Thomas, wirklich einer der hilfsbereitesten Menschen in Petras Welt, hielt grundsätzlich nichts davon, sich einzumischen.

Hast du ein Problem? Frag Thomas, er tut alles, um dir zu helfen. Aber du musst ihn schon fragen.

Und Luca würde nicht fragen, das musste selbst Petra einsehen.

»Komm, wir packen den Benni ein und gehen rodeln«, schlug Thomas schließlich vor, den das schöne Wetter nicht mehr am Frühstückstisch hielt. »Wenn du Glück hast, treffen wir die beiden auf der Hütte.«

Glück hatte Petra allerdings erst am nächsten Tag, als sie die beiden in der Sauna antraf.

—

»Es ist also euer drittes Date und ihr werdet nackt sein«, stellte Julias beste Freundin mit merklicher Freude fest.

»Nein, so ist das nicht. Das waren jetzt nicht so Dates. Wir haben einfach nur zwei Touren gemacht.«

»Und euch gut verstanden.«

»Ja, aber–«

Katrin unterbrach sie. »Nichts aber, jetzt tu doch nicht so. Das ist doch offensichtlich, sogar du musst das sehen. Steh einfach dazu. Ich glaub's ja nicht, kaum eine Woche, da schleppt sie einen Bergsteiger ab. Oder wird abgeschleppt. Was auch immer dir lieber ist.«

Julia wusste so gar nicht, was ihr lieber war.

——

Auch Luca wusste nicht, was ihm lieber wäre. Er hatte nach der Tour vorgeschlagen, die müden Beine am nächsten Tag in der Sauna zu erholen. Dabei hatte er sich gar nichts gedacht. Er ging öfters in die Sauna, wenn er einen Pausentag einlegte. Julia hatte spontan zugesagt. Da war nichts dabei gewesen. Jetzt wurde ihm so langsam klar, dass sie sich tatsächlich morgen nackt sehen würden. Verständlicherweise halfen ihm diese Gedanken beim Einschlafen so gar nicht.

8. Dezember ⁓Sonntag, 2. Advent⁓

Benni hatte am Morgen wieder besorgt gewirkt und davon gesprochen, wie toll es doch wäre, mit Freunden etwas zu unternehmen. Petra versuchte, ihm zu erklären, dass er doch die ganze Woche seine Freunde traf und es daher nett wäre, wenn sie am Wochenende etwas als Familie machen würden. Vielleicht würden sie unterwegs eh auf andere Kinder treffen.

Petra hatte naturgemäß wenig Lust auf die Koordination von Verabredungen zum Spielen. Klar, es gab immer Platz für gute Freunde, aber sie hielt nicht viel davon, sich mit Eltern anzufreunden, nur weil die Kinder befreundet waren. Sie wollte sich ihre Freunde dann doch selbst aussuchen. Und wenn dann alle aus der Familie ihre Freunde treffen wollten, dann konnte das schon mal stressig werden. Daher hatte Petra damals, als Benni in den Kindergarten kam und die sozialen Verabredungen überhandnahmen, beschlossen, die Wochenenden vor allem der Familie zu widmen. Benni war ohnehin schon die ganze Woche über im Kindergarten oder bei Frieda und Karl und nur jeweils an einem Nachmittag bei ihr und Thomas.

Diese Einstellung befreite sie von dem Gedanken, dass sie ständig mit irgendjemand abmachen müsste. Wenn sie keine Lust auf die Vorschläge und Einladungen anderer hatte, konnte sie einfach sagen, dass sie das Wochenende als Familie verbringen würden. Dagegen konnte nun wirklich niemand etwas sagen. Auch Benni hatte bis jetzt nichts dagegen gesagt.

Sie hatten auch zu dritt Spaß, es gab ohnehin viele Wochenenden, an denen irgendein Familienfest, Geburtstag oder einfach ein Besuch der Großeltern anstand. Konnte es sein, dass Benni die Action am Wochenende fehlte?

Sie hatte bisher nie den Eindruck gehabt, dass Benni als Einzelkind einsam war, dass er keine Spielkameraden hatte oder sich nach anderen Kindern sehnte. Benni knüpfte leicht Kontakte, wusste sich zu beschäftigen und konnte mit seiner gewinnenden Art auch Erwachsene gut dazu bringen, mit ihm zu spielen. Was war nur mit ihm?

Oh nein, bitte nicht, dachte Petra. Wünschte sich Benni Geschwister? Sie und Thomas hatten versucht, seinen gemalten Wunschzettel ans Christkind zu entziffern. Rennbahn, da war deutlich eine Rennbahn zu sehen. Aber dann waren da noch Figuren zu sehen. Was sollten die Menschen darstellen?

Sie war schnell zur Überzeugung gelangt, dass er sich Freunde wünschte. Thomas war skeptisch. Möglicherweise war es einfach nur Zufall, dass da Menschen waren, oder er hatte einfach weitergemalt. Immerhin war da auch eine Sonne zu sehen, und die würde er sich wohl kaum wünschen.

Was aber, wenn das Bild Geschwister beim Spielen mit der Rennbahn darstellen sollte?

Petra drehte ein bisschen durch. Thomas schien ihre Gedanken gelesen zu haben. Sie hatte wohl besorgt die Stirn gerunzelt. Er spiegelte ihre Mimik und fragte: »Na ja, Chiaras Eltern wollten doch heute zum Eislaufen. Wir können ja auch da hingehen.«

»Die Chiara ist ja meine Freundin«, hatte Benni in den Raum geworfen.

»Okay«, sagte Thomas zögerlich. »Also willst du Eislaufen gehen mit der Chiara?« Benni überlegte kurz und nickte dann. »Ja.«

Zu Petra gewandt meinte Thomas: »Wie wär's? Du kannst dir ja ein paar Stunden nehmen und mal den Sauna-Gutschein von deinem Geburtstag einlösen. Davon sprichst du ja auch schon länger und irgendwie schaffen wir es wohl nicht zu zweit. Also mach dir doch allein einen Wellness-Nachmittag, während ich mit Benni beim Eislaufen bin.«

Erst jetzt merkte Petra, wie sehr sie sich nach einer warmen Sauna sehnte und nach dem Rodeln gestern lieber nicht schon wieder inmitten eines Rudels Kinder draußen rumhüpfen wollte. So ein Vater-Sohn-Nachmittag wäre gar nicht so schlecht. Und vielleicht könnte sie in der Sauna ihre Gedanken ordnen.

»Das ist eine sehr gute Idee«, stimmte sie dankbar zu. Aber jetzt sah Benni seine Mutter besorgt an.

»Gehst du ganz alleine, Mama?«

»Ja«, sagte Petra, »aber du wirst sicher Spaß haben mit der Chiara und dein Papi ist mit dir. Und weißt du was? Danach können wir alle zusammen eine Pizza machen. Wie findest du das?«

Beim Wort Pizza leuchten Bennis Augen. So ein Fünfjähriger war doch wirklich leicht zu bestechen. »Mit Mais?«, fragte er.

»Mit ganz viel Mais«, nickte Petra.

———

Jetzt saß Petra in der Dampfsauna und versuchte, durch den Nebel hindurch zu erspähen, ob sie ihre Augen wohl nicht betrogen. War das tatsächlich Luca, der mit der Julia gegenüber in Richtung Bar lief? Petra rutschte etwas näher an die Tür. Dieser blöde Dampf, man konnte wirklich kaum etwas erkennen!

Sie wischte mit der Hand über die Glastür und presste ihre Nase dagegen. Das Paar, das ihr gegenüber saß, blickte sich kurz irritiert an. Petra lächelte sie an und erklärte sich: »Ich dachte, ich hätte jemanden erkannt.«

Die beiden nickten verständnisvoll. Vermutlich dachten sie, dass es schon so eine Sache ist, wenn man in der Kleinstadt als alleinstehende Frau – Petra war ja allein hier – in die Sauna ging. Da traf man vermutlich alle seine Verflossenen. Und noch schlimmer, die Verflossenen mit den neuen Partnerinnen. Verständlich, dass man da etwas auf der Hut war.

Petra war aber nicht auf der Hut, sie lag auf der Lauer. Die Sorge um Benni war spontan einem anderen Gefühl gewichen. Auch um Luca machte sie sich gerade keine Sorgen mehr. Vielmehr war sie neugierig. Aus dem Thomas war ja nichts rauszukriegen gewesen. Also musste sie schon selbst herausfinden, was da lief. Sollte sie ihnen einfach an die Bar folgen und sie dort zufällig treffen? Nein, sie wollte die beiden ja auch nicht stören. Sollte sie ihnen lieber ganz aus dem Weg gehen? Was immer da lief, konnte ja noch nicht lange laufen, und nichts ist unangenehmer, als sich in dem frühen Stadium schon dazu äußern zu müssen.

Wenn man während dieser ersten Verabredungen, während der Schnupperphase, auf Bekannte trifft, die einen dann mit großen Augen anschauen und mit langgezogenen Worten sprechen: »Aaach, das ist aber eine Überraaaschung. Was macht iiihr denn hier?« Und dann, ja dann muss man antworten, obwohl man überhaupt nicht antworten will. Dann sagt man so offensichtlich überflüssige Dinge, wie: »Wir machen eine Runde in der Sauna«, oder »Wir trinken einen Tee«.

Denn die eigentliche Frage, was da zwischen den beiden liefe, trauten sich die Leute ja nicht zu stellen. Und die eigentliche Antwort darauf wollte auch niemand geben. Nein, das wollte sie den beiden und ehrlich gesagt auch sich selbst ersparen. Für dieses Mal entschied Petra also, es zu lassen. Und vielleicht würde sie es auch schaffen, dem Thomas nichts davon zu erzählen. Sollte er sich doch aus allem raushalten. Jetzt wusste sie endlich einmal mehr als er.

Mit einem kleinen Triumphgefühl lehnte sich Petra in der Sauna wieder zurück und schloss die Augen. Zum ersten Mal war sie auch versucht, Thomas zu glauben. Vielleicht müsste sie ja wirklich nichts machen und ihre Sorgen würden sich tatsächlich in Luft auflösen. Wenn Thomas mit Luca Recht hatte, dann vielleicht auch mit Benni. Vielleicht kamen die alle schon ganz gut zurecht. Aber eben nur vielleicht.

———

Als Benni im Bett war, schenkte Petra Thomas und sich selbst noch ein Glas Rotwein ein. Sie setzte sich zu ihm aufs Sofa. »Bist du eigentlich glücklich mit unserer kleinen Familie?«

Thomas erschrak zuerst, fragte dann aber ganz ruhig: »Willst du mir etwas sagen? Bist du denn nicht glücklich?«

Typisch Thomas, für ihn war die Welt in Ordnung. Sonst würde er sich schon melden. Und wenn Petra sich mal meldete, befürchtete er gleich das Schlimmste. Petra beschloss, beim Thema zu bleiben.

»Ich dachte, es ist alles gut. Aber ich mache mir Sorgen, dass wir für Benni nicht genug sind.«

»Du denkst immer noch, er ist einsam und braucht Freunde? Petra, ich glaube wirklich nicht—«

Sie unterbrach ihn. »Was ist, wenn er sich Geschwister wünscht? Was ist, wenn die Menschen auf dem Wunschzettel Geschwister darstellen sollen?«

Thomas zog eine Augenbraue hoch. »Ich glaube, er macht sich nicht so viel aus Babys und Kleinkindern. Er hat heute zur Chiara gesagt, dass ihr kleiner Bruder stinkt. Und er hat sie gefragt, wie sie das aushält. Wenn der eine Windel sieht, ist der doch weg.« Er lachte.

»Ja, aber vielleicht wünscht er sich Geschwister im gleichen Alter. Vielleicht denkt er gar nicht daran, dass die erstmal so klein zur Welt kommen. Und stinken«, amüsierte sich Petra.

Überrascht sah er sie an. »Na, die Illusion wird ihm schon vergehen.«

»Ein nicht stinkendes Nicht-Kleinkind. Das wünsch dir mal. Wenn's so einfach wäre.«

Wenn's so einfach wäre, würde sich Petra das tatsächlich auch wünschen. Aber so war es nicht und so wünschte sie sich, wenn sie ganz ehrlich war, dass sie ihren Körper nicht noch einmal mit einem Baby teilen müsste. Sie wünschte sich allerdings auch, dass Benni nicht einsam war.

Thomas gab ihr einen Kuss und sagte grinsend: »Ich wollte ja schon immer einen Hund.«

Petra warf ihm einen gespielt strafenden Blick zu. »Wie schön, dass dir das jetzt entgegenkommt. Kannst ja auch einen Wunschzettel schreiben.«

9. Dezember ⋄Montag⋄

»Na, wie war dein Wochenende?«, fragte Thomas Luca am Montag, als dieser mit einem von der Bergsonne gebräunten Gesicht ins Büro kam. Das war so eine Frage, die in dem Fall nicht wirklich ausdrückte, was Thomas eigentlich interessierte. Dann hätte er nämlich gefragt: »Wie war die Tour und wie waren die Schneeverhältnisse?«

Luca, der Thomas' Interessen kannte, antwortete dennoch auf die eigentliche Frage und erzählte vom Schnee, wie viele Leute unterwegs waren, aber nicht von Julia, mit der er unterwegs gewesen war.

Thomas schien etwas neidisch auf Lucas Erlebnisse zu sein. »Wie sieht's die Woche aus? Wollen wir die längere Tour auf der Liste mal am Abend machen? Mittwoch könnten wir früher los.«

Luca überlegte. Dienstag hatte er sich bereits mit Julia verabredet. Eigentlich hatte er sie auch direkt heute schon wieder treffen wollen. Gleichzeitig hatten sie im Grunde das ganze Wochenende miteinander verbracht und er wollte ihr nicht auf die Nerven gehen. Mittwoch also mit Thomas? Würde er müde sein vom Dienstag? Sie wollten sich zum Essen in der Stadt treffen und dann, wer weiß …

Thomas wartete immer noch auf seine Antwort. »Alles ok? Du kannst auch sagen, wenn du nicht willst, gell.«

»No-no!«, wehrte Luca schnell ab. »Natürlich will ich. Wenn ich am Mittwoch nicht müde bin, gehen wir los.«

Thomas, der nach wie vor der Meinung war, es ginge nur um die Tour und die Arbeit, von der sie gerade genug auf dem Tisch hatten, tat Lucas Bedenken ab: »Na na, so viel wird das alles schon nicht werden, wirst sehen, bis zum Projektmeeting am Mittwoch haben wir das erledigt und danach wird's nicht mehr so viel zu tun geben. Wir sind ja gut unterwegs. Also, Mittwoch, ich rechne mal mit dir!«

»Va bene«, lenkte Luca ein. »Wenn du meinst, wird das schon alles so aufgehen.«

———

Julia hatte nicht gedacht, dass sie so schnell wieder Lust zum Arbeiten haben würde. Eigentlich wollte sie einen ganzen Monat lang nichts tun – gar nichts. Und jetzt saß sie hier und malte Weintrauben.

Nachdem der Kellermeister ihr alles gezeigt hatte, begann sie sofort mit den Skizzen. Der Wein brauchte einfach nur ein neues Erscheinungsbild, da war sie sich sicher. Das war ihre professionelle Meinung. Aber sie war sich nicht sicher, ob das eine gute Idee wäre. Sollte sie sich doch bremsen und an ihrem ursprünglichen Plan festhalten und sich einfach mal von allem distanzieren?

Julia hatte die hektische Atmosphäre ihrer alten Hamburger Werbeagentur so satt. Die ständigen Deadlines, die unpersönlichen Produkte und die endlosen Meetings hatten ihr die Freude an ihrer Arbeit genommen. Aber jetzt, hier auf dem Weingut, war alles anders. Die ruhige Atmosphäre, der Duft von reifen Trauben und die familiäre Stimmung boten einen wohltuenden Kontrast zu ihrem früheren Leben. Sie genoss es, ihre kreativen Ideen in ein Produkt einfließen zu lassen, das sie selbst schätzte. Der Wein war mehr als nur ein Getränk. Er war ein Stück Heimat, Tradition und Leidenschaft. Und während sie an ihren Entwürfen arbeitete, spürte sie eine tiefe Zufriedenheit, die sie seit langem nicht mehr gekannt hatte.

Trotzdem, sie wollte doch eigentlich nicht arbeiten. Und dank Luca hatte sie das ganze Wochenende auch nicht mehr daran gedacht. Aber nun war Montag. Luca war bei der Arbeit und um sie herum ging die Arbeit auf dem Schlössl auch weiter. Also beschloss sie, ihre kreative Energie einfach fließen zu lassen.

Nur wenig später stand Julia vor einer großen Wand mit einer Handvoll Entwürfen. Die Tante betrachtet sie mit einem zufriedenen Lächeln, während ihr Cousin gelangweilt herumstand. Der Obermaier beugte sich interessiert über die Skizzen.

»Diese Traube hier, Julia, die ist viel zu groß«, korrigierte er vorsichtig.

Julia verteidigte ihre Arbeit. »Aber sie soll doch auch auffallen!«

Ihr Cousin gab sich wie immer pragmatisch. »Hauptsache, der Wein schmeckt.«

Die Tante schmunzelte. »Wir finden schon einen Weg, alles zusammenzubringen.«

———

»Hallo? Martin hier.«

»Hallo Martin, hier ist die Sonja, wir kennen uns über die Steffi.«

»Ah ja, Sonja, hallo.«

Martin erinnerte sich an Sonja. Sie war vor kurzem mit Steffi, die Ponys und Esel auf dem Weihnachtsmarkt herumführte, bei ihm auf einen Glühwein gewesen. Sonja war Erzieherin und nach einigen Jahren nun wieder in ihre Heimatstadt zurückversetzt worden. Steffi und Sonja kannten sich seit der Kindheit. Martin war ein paar Jahre älter und auf einer anderen Schule gewesen.

»Du, entschuldige die Störung, ich dachte, ich probier's einfach. Ich hab nämlich eine Frage vom Kindergarten aus.«

»Oh, ok«, sagte Martin gespannt. »Worum geht's?«

»Also«, begann Sonja, »wir machen ein Krippenspiel, wie alle Jahre, aber die Aula von der Grundschule nebendran ist noch nicht fertig renoviert. Das sollte eigentlich im Sommer passieren, aber na ja, es ging später los und jetzt geht's länger und jedenfalls sind wir ohne Aula. Und die Säle der Stadt sind zu groß und die Vereine brauchen ihre Lokale für die eigenen Weihnachtsfeiern und es soll ja etwas im Zentrum sein …«

»Wie kann ich dir helfen?«, versuchte Martin, die Sonja zu motivieren, damit sie sich traute zu fragen. Er war es gewohnt, dass Leute ständig einen Gefallen von ihm forderten. Es störte ihn meistens auch nicht, er half gerne und schließlich war er mit seinem Glühweinstand in der Mitte des Weihnachtsmarkts eine zentrale Anlaufstelle für alle möglichen Anliegen: Der Karussellbetreiber, mittlerweile ein Freund von Martin, musste ab und zu seinen Strom anzapfen. Steffi kam auch immer wieder vorbei, um sich zwischen den Spaziergängen mit den Tieren aufzuwärmen und zu stärken. Martin hatte gerne Gesellschaft, das lag wohl in der Familie.

»Also«, fing sich Sonja wieder, »ich wollte dich fragen, ob es nicht eine Möglichkeit gäbe, dass wir das Krippenspiel auf dem Weihnachtsmarkt veranstalten. Ich meine, du hast ja schon so eine Art Bühne, deine Holzterrasse, und da ist auch noch Platz zwischen dir und dem Karussell und der Steffi und ihren Tieren. Wir können uns noch einigen wegen der genauen Zeit, damit die Leute nicht zur Rush Hour den Weg zum Glühwein versperren. Also vielleicht so am Nachmittag und danach können alle nach der Arbeit schön weiter einen Glühwein trinken.«

Da hatte die Sonja sich aber schon viele Gedanken gemacht und Martin fragte sich zwischendurch, ob sie wohl im Kindergarten auch so viel reden würde. Aber ja, es stimmte schon, was sie sagte. Zwar war der Weihnachtsmarkt auch tagsüber gut besucht, aber das Hauptgeschäft ging erst am Abend los, wenn alle nach der Arbeit zu den Ständen strömten und es noch früh genug für die Kinder war, die mit Karussell, Ponys und Eseln beschäftigt waren und spät genug, dass alle aus den Büros und Geschäften in Richtung Abend beim Glühwein vorglühten. Die einen oder anderen blieben dann meist auch hängen, wie man so schön sagte, und statt dem geplanten Abendessen daheim gab es dann Strauben und Erdäpfelblattln aus Martins Küche. Kurzum, es gab genügend Ausreden, um nicht nach Hause zu gehen. Meist trafen die Besucher dann noch zufällig auf Freunde und Bekannte, was die Nach-Hause-geh-Lust natürlich auch nicht befeuerte.

»Also«, jetzt war Martin mit dem Sprechen an der Reihe, »da können wir sicher etwas machen.«

———

»Ist es denn jetzt entschieden, was ihr an Weihnachten macht?«, fragte Oma Frieda, als sie Petra und Benni im Hausflur antraf.

»Ja, wir ziehen das durch. Irgendwann muss man anfangen, und wir feiern jetzt als kleine Familie bei uns zu Hause. Die letzten Jahre waren stressig. Wir sind direkt von der Arbeit jeweils zu meinen Eltern und am nächsten Tag dann zu Thomas' Eltern gefahren und ich glaube, Benni würde es mittlerweile auch zu viel werden. Wir bleiben einfach mal daheim.«

Benni war an Oma Frieda vorbei zu Opa Karl gelaufen, weil der gerade eine Lampe vor ihrer Wohnungstür wechselte, was Benni natürlich viel spannender fand.

»Ich verstehe dich«, bekräftigte Frieda. »Für uns war es zwar auch hart, das erste Jahr ohne unsere Kinder und Enkelkinder, aber irgendwie versteht man auch, dass die kleinen Familien für sich sein wollen.«

Petra hatte trotzdem ein schlechtes Gewissen. »Ist Weihnachten dadurch nicht ein bisschen ... na ja, leerer für euch?« Sie war vorsichtig in ihrer Formulierung, denn sie wollte Frieda und Karl nicht unnötig traurig machen.

»Ganz ehrlich, am Anfang hatte ich Angst davor, und vielleicht war es das am Anfang auch leer. Aber dann haben wir eine neue Tradition entwickelt und mittlerweile sind wir ehrlich gesagt auch froh, dass wir nicht fünf Enkelkinder am Heiligabend in unserer Wohnung haben. Versteh mich nicht falsch, ich liebe meine Familie und natürlich meine Enkelkinder, aber ich habe gelernt loszulassen und liebe einfach die Zeit, in der ich sie einzeln für mich habe noch ein bisschen mehr.«

»Das ist ein schöner Gedanke«, sagte Petra und nahm sich vor, mit Benni im Sommer eine ganze Woche bei den Großeltern zu bleiben.

»Ich glaube, das erste Mal wird für alle komisch werden«, sagte sie schließlich. »Auch für uns. Ich kann mich nicht erinnern, wann ich zuletzt Weihnachten mit weniger als fünf Leuten gefeiert habe. Und ich weiß auch nicht, wie ich so eine weihnachtliche Atmosphäre zaubern soll wie bei meinen Eltern. In den letzten Jahren hatten wir einen Adventskalender für Benni und mehr nicht. Aber wir gehen jetzt erst mal Kekse backen, zumindest den Teil kriege ich hin.«

Den Teil mit den Keksen bekam Petra sogar wunderbar hin. Sie hatte schon als Kind gerne gebacken und diese Tradition beibehalten. Inzwischen war sie richtig gut geworden. Sie backte, ihre Schwestern bastelten lieber. Kein Wunder, dass sie keine Deko hatte, aber immerhin füllten sich die Keksdosen weiter, auch wenn Thomas und Benni alles taten, um sie zu leeren.

»Ach, die Atmosphäre kriegen wir auch noch hin. Wir helfen euch immer gerne«, sagte Oma Frieda.

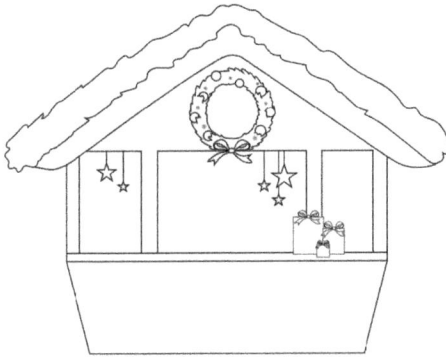

10. Dezember -Dienstag-

Martin wollte den Kindern so richtig etwas bieten. Oder vielleicht der Sonja? Da würde er jetzt lieber nicht zu sehr darüber nachdenken.

»Ich finde, Rentiere würden das Ganze noch authentischer machen«, sagte Martin und war überzeugt von seiner Idee. Überhaupt hatte er eigentlich immer die genialsten Einfälle für den Weihnachtsmarkt.

»Authentisch? Nein, so etwas kommt hier nicht in Frage!«, entgegnete Steffi, die Inhaberin des Hofes mit Streichelzoo. Sie kannte Martin gut, da sie schon seit Jahren miteinander auf dem Weihnachtsmarkt zu tun hatten. Sie hatte schon viele seiner Einfälle gehört und zum Teil auch ausgebadet. Auch jetzt war sie amüsiert, aber so langsam auch ein bisschen genervt. Selbst die anwesenden Esel verdrehten die Augen – sofern Esel die Augen verdrehen konnten. Zumindest innerlich.

Steffi schmunzelte. »Die Kinder haben immer so viel Freude an den lieben Eseln. Und darum geht es ja.« Sie machte eine kurze Pause, um das Gesagte wirken zu lassen. Denn schließlich wurde das Krippenspiel ja von Kindern für Kinder veranstaltet. Der ganze Weihnachtsmarkt würde voller Kinder sein und sie würden die Esel in der Krippe sehen und sie nach der Aufführung sicher gerne streicheln und füttern und herumführen wollen. Und die Esel freuten sich über die Aufmerksamkeit und noch ein bisschen mehr über die Karotten. Es waren freundliche, zufriedene und ruhige Tiere.

»Nur bei dir kommt dann doch ihre bockige Seite zum Vorschein«, sagte sie lachend.

Martin konnte die mangelnde Begeisterung nicht nachvollziehen. »Was ist Weihnachten ohne Weihnachtsmann und was ist der Weihnachtsmann ohne Rentiere?«, fragte er. »Doch nur ein dicker Mann ohne Transportmöglichkeit, dem man vermutlich noch über die Straße helfen muss«, murmelte er vor sich hin. Rentiere, davon war er überzeugt, würden den Weihnachtsmarkt zu *der* Attraktion in Südtirol machen. »Das wäre einmalig in Südtirol!«

»Ach komm, jetzt spinnst du aber schon ein bisschen! Wir sind hier nicht in einem amerikanischen Kitschfilm mit Werbung für ein für Kinder ungeeignetes Aufputschmittel«, Steffi verlor langsam die Geduld. »Das Christkind, das echte, nicht dieser erfundene Weihnachtsmann, kam in einem Stall zur Welt mit Ochs und, ja, Esel! Authentischer geht's also wohl nicht«, betonte sie.

»Ein Ochse!«, rief Martin überrascht. »Dass ich daran nicht gedacht hab!«

»Ich glaube, noch einen Ochsen brauchen wir hier nicht«, sagte Steffi und hoffte, die Diskussion damit zu beenden. Zum Glück klingelte in dem Moment Martins Handy und als er antwortete, hatte er vermutlich schon wieder die nächste geniale Idee.

———

Friedas geniale Idee nahm derweil Gestalt an. Sie hatte von Thomas die Telefonnummer von Petras bester Freundin in Mailand erhalten und jetzt hatte sie sie endlich auch erreicht. Sie fand die Idee super, musste aber noch abklären, ob sie ihren Dienst tauschen könnte, um früher zu kommen. Benni war schon ganz aufgeregt und Frieda ehrlich gesagt auch. Es könnte wirklich klappen.

11. Dezember ·Mittwoch·

Thomas und Luca waren fleißig dabei, letzte Änderungen an einem Plan schnell abzuschließen. Gleich wollten sie sich umziehen und auf die Skitour begeben.

»Wenn du Gipfelstürmer mich alten Mann schon mal mitnimmst«, hatte Thomas gewitzelt. In der Ironie lag natürlich auch ein Funken Wahrheit. Die letzten Tage war Luca viel unterwegs gewesen. War er Luca zu langsam? War Luca deshalb mehrfach ohne ihn losgezogen?

»Ma che«, beruhigte ihn Luca. »Du hattest jetzt eine Erholungspause. Ich muss wohl schauen, dass ich dir hinterherkomme.« Luca war etwas müde vom Abend mit Julia. Oder sollte er sagen von der Nacht? Die war dann doch ganz schön kurz ausgefallen. Sie waren nach dem Essen noch in seine Wohnung gegangen, hatten eine Flasche Wein aufgemacht und, na ja … Er hatte sie am Morgen mit einem Kaffee geweckt.

———

Julia war am Morgen ins Schlössl geschlichen und hatte sich beflügelt an den kleinen alten Sekretär gesetzt und angefangen zu malen. Der Tante hatte sie am Vorabend einen Schnaps hingestellt und gesagt: »Damit du nicht auf mich warten musst.«

Merkwürdig. Die Tante hatte ihr doch gar nicht erzählt, dass sie wach

71

gelegen hatte. Sie hatte Julia mit dem Schnaps zugeprostet, ihr einen schönen Abend gewünscht und das Glas neben ihr Buch auf den Wohnzimmertisch gestellt. Sie war problemlos zu ihrer gewohnten Zeit eingeschlafen.

Dass Julia jetzt gar nicht zum Frühstück runter kam, wunderte sich die Tante am späten Vormittag aber doch. War sie so lange unterwegs gewesen? Schlief sie immer noch? Wollte sie nicht mal einen Kaffee trinken?

Sie lugte schließlich in Julias Zimmer und war erstaunt, sie inmitten von Zeichnungen am Schreibtisch vorzufinden.

—

»Schau mal, Julia hat neue Weinetiketten entworfen«, schwärmte die Tante wenig später gegenüber dem Kellermeister und Julias Cousin. Die Tante wurde gerne unterschätzt, dabei war sie es, die immer schon ein Händchen für Geschäfte hatte. Auch jetzt war ihre Begeisterung für die Etiketten Teil eines größeren Plans: Julia ins Geschäft zu holen. Vielleicht wollte sie Julia einfach nur bei sich haben und sie deshalb motivieren, auf dem Weinschlössl zu arbeiten. Sie erkannte aber auch das Potenzial der jungen Frau und war zudem überzeugt, dass Julia auf dem Schlössl viel glücklicher wäre. Und sie selbst auch. Denn ganz altruistisch war sie da noch nie. Sie fand, ihre Geschwister, die mit Kindern gesegnet waren, konnten diese ruhig ein bisschen an sie ausleihen. Den einen für den Weinverkauf hatte sie schon – vielleicht könnte Julia ihr ja im Marketing helfen?

Der Kellermeister kommentierte großzügig: »Man sieht hier die Trauben und da die Aromen, die drin sind. Das Schlösschen ist im Hintergrund und da die Weinberge. Mir gefällt's!«

»Wenn's zu viel ist, kann ich was weglassen«, räumte Julia ein, »Aber ich dachte, ich mach mal ein vollständiges Bild. Das kann dann am Eingang der Kellerei hängen. Nicht alles muss auf das Etikett.«

»Na na, das passt schon«, meinte ihr Cousin lässig. »Ich verkauf den Wein sowieso.«

»Manchmal bist du echt unsensibel«, murmelte die Tante.

Alle starrten ihn an. Er hatte Julias traurigen Blick bemerkt. »Nein, nein!

So meinte ich das nicht. Die Entwürfe sind schön, ich verstehe einfach zu wenig davon. Tob dich aus. Wenn ich dann weniger Türklinken putzen und Wein verkosten muss, weil dein Etikett schon alles sagt, ist mir das nur recht.«

Er würde sie also machen lassen. Nicht nur das Etikett hatte Julia wieder Mut gemacht, sie hatte auch strategische Marketingideen. »Und zwar über den exklusiven Glühweinstand an Weihnachten und die Feste im Sommer hinaus«, erklärte sie.

Die Tante grinste zufrieden. Ihr Plan war aufgegangen. Sie wollte es aber auch nicht überstrapazieren. Jetzt bloß keine Fragen nach Umzug oder Hamburg oder von wo aus sie denn arbeiten oder schlimmer noch, wo sie leben wollte. Das wäre sicher zu viel auf einmal für die Julia gewesen. Die Männer wollten ohnehin wieder Wein panschen gehen, der eine für den richtigen Wein, der andere für Glühwein. Sie beschloss, sie alle zu erlösen.

»Dann ist ja alles wunderbar! Da hier eh alle einverstanden sind, rufen wir gleich unsere Kommunikationsagentur an. Die macht uns die Etiketten, die Website und alles. Mit denen wirst du dann zusammenarbeiten, Kind.«

Und so schnell war Julia von der Auftragnehmerin zur Auftraggeberin geworden. Und heilfroh darüber, dass die Tante in all der Aufregung ganz vergessen hatte, sie über die letzte Nacht auszufragen.

—

»Wie, du sitzt im Büro und arbeitest? Du bist doch da hin, um eben nicht zu arbeiten.« Wo Julias Freundin Katrin recht hatte, hatte sie recht.

»Es ist nicht wirklich arbeiten«, versuchte sie, sich zu verteidigen.

»Du machst Entwürfe und überlegst dir eine Marketingstrategie? Tut mir leid, es dir zu sagen, aber meine Liebe, das ist exakt die Beschreibung deines Jobs«, lachte ihre Freundin.

»Ich hab einfach Lust dazu. Ich mag ja eigentlich den kreativen Teil. Und jetzt habe ich endlich mal ein Produkt, das mich interessiert.«

»Na gut, dann sei du mal weiter fleißig. Ich muss hier auch weitermachen.«

—

Als fleißig konnte man auch Frieda und Karl bezeichnen.

»Ach, ich danke euch«, sagte Petra zu den beiden. Karl hatte Lichterketten aus dem Keller geholt und ans Fenster gehängt, und Frieda hatte den ganzen Nachmittag lang mit Benni gebastelt. Als Petra nach Hause kam, leuchtete das Wohnzimmer schon hell, was ihre Wohnung unmittelbar zu einer gemütlichen Weihnachtsoase machte. Jetzt fehlten nur noch die Socken am Kamin. Eigentlich fehlte der Kamin, aber in Petras kitschiger Vorstellung fehlte wirklich nicht mehr viel zu einem perfekten Weihnachtsfest daheim.

Thomas hatte auf dem Weihnachtsmarkt ein paar Strohsterne und eine Schneekugel entdeckt und sie direkt gekauft. Allerdings machte das alles noch kein Weihnachten. Petra wünschte sich eine Atmosphäre wie bei ihren Eltern. Dort hatte sich über die Jahre eine Schatztruhe an Weihnachtsdekoration angesammelt, ein buntes Gemisch aus selbstgebastelten und bewusst ausgesuchten Stücken. Natürlich gehörte es auch dazu, dass das eine oder andere Element eine kleine Macke hatte oder immer mal wieder eine Kugel zu Bruch ging. Aber sie hatten die Tradition aufrechterhalten und niemals billiges Plastik oder komplette Weihnachtssets in abgestimmten Farben gekauft.

Weihnachten bei Petras Eltern war bunt und erzählte eine Geschichte, und genau das wünschte sie sich nun für ihr Zuhause. Allerdings hatte sie nur ein paar Wochen Zeit, um eine jahrelange Tradition im Christbaumschmuck aufleben zu lassen. Ein paar Strohsterne und eine Schneekugel waren zwar ein lieber Anfang, aber es war noch ein langer Weg bis Weihnachten.

Frieda und Karl hatten in ihrer hilfsbereiten Art direkt angepackt, und so gab es jetzt zumindest mal eine Handvoll Salzteigfiguren von Benni, dazu kamen ein paar Basteleien aus dem Kindergarten. Am liebsten wäre Petra einmal um die Welt gereist, um auf allen Weihnachtsmärkten eine Christbaumkugel für den Baum zu kaufen. Hätte sie nur früher damit angefangen, dann würde sie jetzt nicht hier stehen und sich fragen, was man denn bloß an den Baum hängen könnte, damit er nicht leer aussah.

Thomas, pragmatisch wie er war, hatte auch ein paar gute Ideen. Nachdem Petra ihm mehrfach versichert hatte, dass es unmöglich wäre, den Reichtum an Christbaumschmuck, den ihre Familie hatte, in so kurzer Zeit zu erarbeiten, griff er zu anderen Maßnahmen.

»Wir machen es ganz einfach. Du hast doch eine Box voller Ausstecher für Weihnachtskekse. An Weihnachten selbst sind die Kekse ja gebacken, also kannst du die Formen an den Baum hängen. Außerdem hast du in deinem Haus zwei Männer, die Schokolade lieben, und die gibt es ja auch mit Bändchen zum Aufhängen. Von mir aus wäre das eigentlich schon alles.«

Petra verzog erst das Gesicht, konnte aber dann mit dem Kompromiss leben. Sie ließ sich davon überzeugen, dass das eben ihr erstes Weihnachten als Familie war, und da könnte es vielleicht, ganz vielleicht, noch ein bisschen Getrickse am Baum geben.

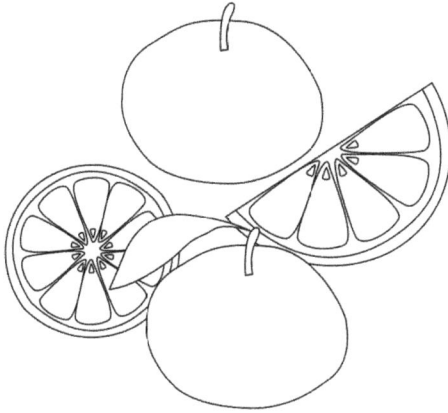

12. Dezember ⋄Donnerstag⋄

Julia schlüpfte in ihre Winterstiefel, um sich wieder mal auf den Weg in die Stadt zu machen, denn sie musste *frisch* etwas für die Tante besorgen. Julia hatte erst einen Moment gebraucht, um zu verstehen, was die Tante meinte.

Dass es bei der Erledigung der Tante nicht um frische Zutaten ging, trug einiges zur Verwirrung bei.

»Kannst du mir frisch Zimt und Nelken holen gehen?«, hatte die Tante gesagt. Julia fragte sich natürlich, wo sie denn bitte mitten im verschneiten Südtirol frischen Zimt und frische Nelken herbekommen sollte.

Die Tante verstand ihr Problem allerdings nicht. »Geh einfach zum Toni, dann kannst du da frisch auch noch getrocknete Mandarinen für den Glühwein holen. Das ist nämlich mein Geheimrezept.«

Hier in Südtirol sagten die Leute nämlich *frisch*, wenn sie *geschwind* meinten. Also hieß *frisch* in den meisten Fällen: »Lass uns grad etwas erledigen.«

Und so war die Julia beim Toni und seinen Delikatessen gelandet. Der Toni hielt ihr schon eine Schokoladenpraline mit Trüffeln hin, die Julia so gerne hatte. Eigentlich hatten alle die Schokoladentrüffel gerne, das war Tonis Geheimrezept zur Kundenbindung. Als sie dem Toni sagte, sie bräuchte auch noch getrocknete Mandarinen, meinte er sofort: »Für das geheime

Geheimrezept für den ganz geheimen Glühwein von der Tante?«

Julia grinste nur und steckte sich sofort die Praline in den Mund.

Da hörte sie, wie jemand ihren Namen rief. Es war Petra, die Mutter von dem kleinen Benni vom Karussell.

»Julia, wie schön dich wiederzutreffen!«

Julia kaute ihre Praline zu Ende und sagte: »Ebenso, wie geht's dir? Wo ist Benni?«

»Der ist noch mit dem Thomas Eislaufen. Heute ist sein freier Nachmittag. Ich wollte sie eigentlich am Elslaufplatz abholen, aber Benni konnte sich noch nicht losreißen. Daher hab ich mir gedacht, ich gehe jetzt noch was besorgen, dann müssen wir das nicht mit Benni zusammen machen und sparen uns die Diskussion mit ihm um die ganze Schokolade hier.« Dankend nahm sie eine Praline von Toni entgegen und packte sie ebenfalls direkt aus. »Thomas will nämlich mit Luca heute Focaccia machen«, fügte sie hinzu und hielt sich für sehr geschickt, wie sie Luca ins Spiel gebracht hatte. »Sie brauchen noch frische Hefe und ich wollte extra feines Mehl von Tonis Mühle holen. Also hab ich die beiden noch auf dem Eislaufplatz gelassen und ich hole das jetzt frisch.«

Julia schmunzelte. Anscheinend gingen alle *frisch* zum Toni, um was zu holen.

»Ich hab auch noch ein bisschen Zeit für einen Kaffee«, meinte Petra. Da Tonis Laden auch eine kleine Stube hatte, in der Kaffee, Tee und natürlich noch mehr von der Schokolade in festen und flüssigen Varianten serviert wurden, bot sich ein *Ratscher*, also ein kleines Schwätzchen, doch direkt an.

»Ja, gut, ich hab auch Zeit. Dann trinken wir doch frisch da einen Kaffee«, stimmte Julia freudig ein und fühlte sich schon erfrischend hiesig.

———

Luca und Thomas waren in der Küche dabei, die Focaccia zu belegen, die sich wie selbstverständlich in den italienischen Landesfarben präsentierte. Das Grün kam von den Zucchini, das Weiß von der Zwiebel und das Rot von den Tomaten. Petra mochte eigentlich auch Oliven auf der Focaccia, aber ein entschieden dreinschauender Luca überzeugte sie schnell, dass ihre Oliven wohl nicht in das Farbkonzept passten.

»Tutto si puo fare. Alles kann man machen, aber will man?«

Somit landeten die Oliven in einer Schale, die daneben gestellt wurde.

»Wisst ihr eigentlich, wem ich heute in der Stadt über den Weg gelaufen bin?«, fragte Petra und fuhr fort, ohne auf eine Antwort zu warten. »Die Julia. Weißt du, die Julia von neulich, vom Karussellfahren auf dem Weihnachtsmarkt. Weißt du eigentlich, was die hier macht?« Jetzt machte Petra eine kurze Pause. »Sie war bei einer Agentur in Hamburg und hat von dem Job irgendwie die Schnauze voll und überlegt sich hier gerade, was sie als Nächstes machen will. Sie schien mir nicht so festgelegt«, sagte sie und schielte zu Luca herüber. »Und wir wissen ja, wenn Leute erst einmal hier landen, dann bleiben sie länger, oder, Luca?«

Luca grinste verlegen, sagte aber nichts, obwohl Petra diesmal wirklich auf eine Antwort wartete.

»Was macht eigentlich Benni?«, fragte Thomas, der sich entweder schlichtweg nicht für Julia interessierte oder Petra wieder mal davon abhalten wollte, Luca auszufragen. »Der wollte uns doch mit der Focaccia helfen.«

»Ich bin mir nicht sicher, ob ihr das wollt«, sagte Petra. Nach der Weihnachtskekse-Aktion hatte sie beschlossen, dass Benni wohl nicht zum Koch wurde.

»Der malt gerade eine Weihnachtskarte für die Großeltern«, erklärte Petra.

»Für welche jetzt?«, fragte Thomas.

»Ich glaube für alle«, antwortete sie schmunzelnd.

13. Dezember ⋄Freitag⋄

»Schaut mal, wen ich gefunden hab!«, rief Petra auf dem Rückweg vom Stand zur Gruppe, volle Glühweintassen in den Händen. Dicht hinter ihr folgte Julia, ebenfalls mit Glühweintassen. Petra, Thomas und Benni waren mit den Nachbar-Großeltern auf den Weihnachtsmarkt gegangen, um alle auf eine Runde Glühwein und süße Strauben einzuladen. Auch Luca hatte sich dazu gesellt und hatte sogar ausnahmsweise eine kurze Benni-Pause, denn dieser wurde von Opa Karl auf eine andere Runde eingeladen, nämlich eine auf dem Karussell. Bei jeder Umdrehung klatschten die beiden ab. Oma Frieda hatte den Auftrag erhalten, Fotos und Videos für seine anderen Großeltern zu machen. Da das Fotografieren nicht zu Friedas vielen Talenten zählte, wurden die abgeschnittenen Motive und verwackelten Videos von Benni regelmäßig mit einem Seufzer quittiert und mit der schelmischen Aussage, dass er nun leider noch eine Runde drehen müsste.

Petra hatte die Gelegenheit genutzt, um mit Thomas und Luca eine Lagebesprechung zur anstehenden Weihnachtsparty abzuhalten. Eigentlich fehlte es noch an allem. Aber vor allem hatte Petra wissen wollen, ob Luca denn nun Julia schon eingeladen hatte. Das konnte sie die Julia schließlich nicht direkt fragen. Wäre ja blöd gewesen, wenn er sie nicht eingeladen hätte. Doch dann kam ihnen der Durst nach Glühwein dazwischen und Petra war nun mal an der Reihe gewesen. Der Aufschub hatte sich gelohnt, denn Petra hatte nun nicht nur Julia höchstselbst in die Runde geholt, sie konnte jetzt aus nächster Nähe dem Geschehen zwischen Luca und Julia beiwohnen.

Als das Gespräch sich wieder um die Partyvorbereitungen drehte und Luca und Thomas an einer Formel für die ideale Anzahl Gäste in Petras und Thomas' Wohnzimmer tüftelten, unter der Berücksichtigung, dass ja auch in der Küche noch ein paar Quadratmeter Platz wären und bei einer Stehparty immer mit gewissen Bewegungsströmen zu rechnen wäre, fragte Thomas ganz beiläufig, wo denn Julia eigentlich wohnte. Die zeigte dann auf das Schlössl über der Stadt. Thomas konnte es kaum glauben.

»Was?«, fragte er verblüfft. »Du wohnst im Schlössl? Das ist doch wunderschön! Warum hast du uns denn nichts gesagt?«

Es war ja nicht so, dass Thomas sich schon mal erkundigt hätte.

Julia wirkte etwas verlegen. »Na ja«, stammelt sie, »ich komme eigentlich aus Hamburg ...«

Aber Thomas ließ sie gar nicht weiterreden. »Ja, aber da könnten wir doch die Party in eurem Weinkeller veranstalten!« Thomas' Pragmatismus war nicht zu übertreffen. Er fing sich immerhin schnell wieder und redete nicht weiter auf Julia ein.

»Ihr habt ja alle leer! Eine Runde auf mich! Und natürlich feiert ihr aufm Schlössl. Ich bringe den Glühwein.« Martin war wie immer aus dem Nichts plötzlich in der Gruppe aufgetaucht, hatte das Gespräch kommentiert und auch schon, Lilli, seine Mitarbeiterin herbeigeholt, um nachzuschenken.

Schön, dass Martin so spontan begeistert ist, dachte sich Julia. Jede Gelegenheit, Glühwein unter die Leute zu bringen, war ihm willkommen. Aber wie war es jetzt dazu wieder gekommen? Plötzlich fand sie sich inmitten einer großen Partyplanung mit einem Haufen Leute wieder, die sie gerade mal zwei Wochen kannte. Und mit Luca. Lilli, die genauer beobachtete als Martin, erfasste die seltsame Situation, stellte einen Krug Glühwein auf den Tisch und zog Martin weiter. »Wir haben ein Problem bei den Strauben, das du dir anschauen solltest.«

»Wie? Hat die Erika wieder Rum in den Teig geschüttet? Ich hab ihr schon x-mal erklärt, dass Kinder auch Strauben lieben, mit

Schokoladencreme oder Vanille. Aber doch nicht mit Rum! Bei uns daheim werden die ja mit Bier gemacht.« Dass Bier, ebenso wie Rum, Alkohol enthielt, schien den Martin dabei nicht sonderlich zu stören.

»Nein, nein! Kein Erika-Rum-Vorfall. Jetzt komm mit.«

Verdutzt starrten sich die anderen an. Martins Auftritt hatte der Verwirrung nicht geholfen. Insbesondere Thomas nicht. Martin war bei Julia schon immer schnell zur Stelle. Und sie war oft am Weihnachtsmarkt. Wieso eigentlich? Besuchte sie Martin? Mochte sie einfach nur seinen Glühwein wie alle anderen auch? Nein. Glühwein hin oder her. Die beiden schienen sich doch recht nahe zu stehen. Konnte Luca das nicht sehen?

Schließlich fing sich Thomas und beschloss, sich um seine eigenen Dinge zu kümmern. »Also der Rum in den Strauben würde doch einiges an Bennis überdrehtem Verhalten auf dem Weihnachtsmarkt erklären.«

Petra sah ihn unverständlich an. Das war doch jetzt wirklich nicht so spannend wie Julias Wohnort im Schlössl und die Möglichkeit dort zu feiern. Immerhin hatte die Julia nicht nein gesagt. Außerdem hätte sie gerne Julia und Luca noch etwas länger beobachtet.

Aber was tun? Nachfragen? Abwarten? Irgendwann musste ja einer der beiden etwas sagen. Sie hätte Zeit. Aber Thomas sah sie drängend an.

»Also gut«, sagte sie schließlich. »Ich glaube nicht, dass ein Schluck verkochtes Bier oder von mir aus auch Rum einen größeren Einfluss auf Benni hat als die extra Portion Puderzucker auf den Strauben in Kombination mit dem Karussell und all den Leuten und Lichtern.«

Thomas war mit der Antwort ganz zufrieden und meinte: »Na gut, trotzdem sollten wir mal schauen, was Benni so macht. Komm, wir nehmen noch eine Runde Glühwein mit und erlösen mal die Frieda und den Karl.«

»Ach, ich glaub, die verstehen sich ganz gut und der Karl genießt Bennis Aufmerksamkeit.«

Thomas schaute sie weiter an und wartete. War das alles nur ein Trick von ihm, um sie von Julia und Luca wegzukriegen? Aber es war doch gerade so spannend! Jetzt planten sie sogar eine gemeinsame Weihnachtsfeier.

»Ich sehe die drei. Los, komm«, sagte Thomas, hakte sich bei ihr ein und Petra ließ sich mitziehen, obwohl sie schon gerne gewusst hätte, wie es zwischen den beiden weitergehen würde.

»Petra, lass es«, raunte er leise, als sie ein paar Schritte gegangen waren. Es war also doch ein Trick gewesen.

14. Dezember ⋅Samstag⋅

Benni war glücklich. Er hatte mit Frieda eine verlässliche Helferin für seinen Wunsch ans Christkind und außerdem stand ihm wieder ein Wochenende im Schnee bevor. Auch Petra war glücklich, es würden zwei ruhige Tage mit ihrer Familie werden.

—

Julia und Luca waren glücklich. Fürs Wochenende hatten sie wieder ein paar schöne Touren geplant und natürlich die nötige Portion Entspannung dazu.

Allerdings waren beide auch ein bisschen unruhig. Da war die Weihnachtsfeier, und außerdem die Kleinigkeit, dass Julia danach nach Hamburg zurückkehren würde. Aber sie wollten sich ihr Glücksgefühl mit diesen Gedanken gar nicht trüben lassen und waren schon früh morgens aufgebrochen und genossen die Bergsonne, die den Schnee zum Glitzern brachte.

—

Etwas weniger glücklich und fast schon ein bisschen betrübt war Thomas. So langsam fing er nun doch an, sich Sorgen um Luca zu machen. Der hatte wieder fröhlich das ganze Wochenende mit Julia verplant. Es ging ihm für einmal gar nicht um die Touren, die er verpassen würde. Es ging ihm um Luca. Es ging ihm nicht aus dem Kopf, dass Martin ständig um sie herumschwirrte. Normalerweise würde er sich raushalten. Aber eben, Luca war vielleicht doch zu nett und konnte oder wollte nicht sehen, was er sah. Er musste sich ein genaueres Bild über die Martin-Situation verschaffen.

—

So gar nicht glücklich war allerdings Oma Frieda. Nachdem sie tagelang gehofft hatte, dass Petras Freundin an Weihnachten kommen könnte, kam nun die Bestätigung: Sie könnte ihren Dienst im Krankenhaus nicht tauschen und entsprechend nicht früher losfahren und nicht bei Petra vorbeikommen, sondern würde direkt am 25. zu ihrer Familie fahren. Sie hatte angeboten, nach Weihnachten zu kommen, sie wollte Petra ohnehin treffen. Aber damit wäre die Weihnachtsüberraschung schon dahin.

Frieda konnte es nicht ertragen, sich das traurige Gesicht von Benni unter dem Weihnachtsbaum vorzustellen, wenn seine Mutter alles auspackte, nur keine Freundin. Aber es half nichts. Sogar Karl war besorgt und versuchte sich in kreativer Lösungsfindung.

»Meinst du, wir können einfach dafür sorgen, dass sie Weihnachten ein paar Tage später feiern?«

Ja, bestimmt, dachte Frieda. Wir verschieben einfach Weihnachten und ein Fünfjähriger, der seinen Adventskalender mehr im Griff hat als so mancher Geschäftsführer seine Agenda, merkt es nicht.

»Ach, Karl, es ist lieb, dass du dir noch Gedanken machst, aber ich glaube, wir müssen einfach akzeptieren, dass es keine Überraschung gibt.«

Aber akzeptieren wollte es Frieda auch nicht. Und als sie später mit ihrer Freundin spazieren ging, wurde ihr das so richtig bewusst.

»Es kann doch nicht sein, dass ich als alte Frau, mit all meiner Zeit, es nicht einmal hinkriege, einem Fünfjährigen den Weihnachtswunsch zu erfüllen.«

»Na komm, das hat doch mit dem Alter nichts zu tun. Wenn sie keine Zeit hat, hat sie halt keine Zeit. Du hast es versucht, das ist doch schon mal was.«

»Ja, das ist doch eigentlich noch viel schlimmer. Ich habe dem kleinen Benni Hoffnungen gemacht und jetzt kann ich sie nicht erfüllen.«

»Du, es sind ja noch ein paar Tage bis Weihnachten. Vielleicht fällt dir noch was ein.«

»Soll ich Petra jetzt eine Freundin backen, oder was? Und das, wo ich Backen gar nicht mag. Ich war so froh, dass ich von Petra Weihnachtskekse bekommen habe.«

»Beruhige dich, du bist ja ganz aufgeregt. Das tut der alten Frau auch nicht gut«, witzelte ihre langjährige beste Freundin.

»Ich glaube, du nimmst mein Problem nicht ernst.«

»Doch, natürlich nehme ich dich ernst und ich glaube auch, dass es sehr lieb ist, wie du dich um Benni kümmerst und wie ernst du sein Anliegen nimmst. Und ich glaube auch, dass es ein lieber Wunsch ist, sich eine Freundin für die eigene Mutter zu wünschen, damit sie glücklich ist. Aber vielleicht verrennst du dich in etwas. Worum geht es denn eigentlich?«

»Eigentlich geht es wieder um diese komische, moderne Aufklärung und Erziehung, die da gemacht wird. Ohne die wäre der Benni ja gar nicht so irritiert. Der hätte sich einfach eine Rennbahn gewünscht, und gut wär's gewesen. Und jetzt—«

»Ja, okay. Jetzt lassen wir mal die moderne Erziehung da raus. Überlegen wir doch besser, wie wir dem kleinen Benni helfen können.«

»Wir? Hilfst du jetzt mit?«

»Natürlich helfe ich mit. Ich höre mir schon die ganze Zeit dein Gejammer an. Wäre schön, wenn wir auch noch etwas Konstruktives zustande bringen würden. In unserem Alter«, schob sie grinsend hinterher.

Frieda schnaubte. »Na gut, du Besserwisserin. Also was schlägst du vor?«

»Ich schlage vor, dass wir uns überlegen, wie wir das anders angehen können. Viele Wege führen nach Rom.«

Aber ihr Weg führte sie erst mal aus der Kälte ins Café, für eine heiße Schokolade.

———

Am Glühweinstand trafen am späten Nachmittag allmählich die Leute ein, die von einem Ausflug im Schnee zurückkamen und nur noch schnell einen trinken wollten, bevor sie nach Hause gingen. Unter ihnen waren auch Julia und Luca, dick eingepackt und mit roten Nasen. Julia war dunkelblond und nicht allzu groß. In Hamburg zählte sie definitiv nicht zu den Größten. Für Südtiroler Verhältnisse hingegen war sie ganz gut gewachsen. Mit ihren dunkelblonden Haaren fiel sie nicht sofort als die Norddeutsche auf. Das führte dazu, dass die Leute sie oft im Dialekt ansprachen, weil sie dachten, sie sei ebenfalls aus Südtirol und erkannten sie nicht als Touristin. Wenn sie dann in akzentfreiem Hochdeutsch antwortete, schauten die Leute erst mal überrascht drein, fingen sich aber meist recht schnell. Luca war großgewachsen und schlaksig. Er passte wirklich perfekt in das Bild des typischen norditalienischen Bergjungen. Seine dunklen Augen waren gerade auf Julia gerichtet.

Martin stand ein paar Meter entfernt und probierte gerade den neu aufgebrühten Glühwein. Auch er schaute zu Julia und Luca. Er nahm einen Schluck von seinem Glühwein und meinte schmunzelnd zu seiner Kellnerin: »Eine gute Mischung.«

Man könnte meinen, dass er die beiden meinte, vielleicht meinte er aber auch nur die Julia.

—

Thomas hätte diese Aussage sicherlich noch mehr irritiert, aber zum Glück war der gar nicht auf dem Weihnachtsmarkt, sondern saß mit seiner Familie nichtsahnend daheim auf dem Sofa mit einer Tasse heißer Schokolade und einem Weihnachtsfilm.

15. Dezember ⋅Sonntag, 3. Advent⋅

»Guten Morgen, Liebes!«, flötete Katrin in den Hörer. Es war eigentlich eher Mittag und Julia saß mit einer Tasse Kaffee, einer Decke und ihrem Handy am Fenster und schaute über die Stadt hinweg.

»Ja, sag mal, was ist denn mit dir los? Wieso bist du denn so gut drauf, an einem für dich frühen Sonntagmorgen?«

»Ich war gestern auf der Büro-Weihnachtsparty, und ich glaube, ich bin einfach noch betrunken«, kicherte Katrin.

Stimmt, ja, es fiel Julia wieder ein. Die Agentur, in der Katrin arbeitete, war während der Woche so beschäftigt gewesen, dass sogar die Weihnachtsfeier auf den Samstag gelegt wurde. In diesem Moment wurde Julia klar, wie entschleunigt ihr Leben schon nach zwei Wochen in Südtirol war. Sie streckte sich, kuschelte sich dann tiefer in die Decke und lehnte sich zurück, um Katrins Erzählungen von der Party zu lauschen. Interessanterweise verspürte sie dabei gar kein Verlangen, sich in die Großstadt-Partyszene zu stürzen und auch keine Angst, in Hamburg etwas zu verpassen.

»Und? Was gibt es denn bei dir Neues?«, fragte Katrin schließlich. »Was hast du denn gestern noch gemacht?«

»Wir waren abends auf dem Weihnachtsmarkt, und es war echt lustig mit den Leuten da. Martin hat irgendwann die Anlage aufgedreht und einen Song über *Giulia* gespielt, weil Luca mich ja immer so nennt. Und stell dir vor, Luca hat mir direkt eine Playlist zusammengestellt mit diesem Song und Weihnachtsliedern. Ich sitze gerade gemütlich am Fenster und höre sie mir an.«

»Warte mal, einen Moment mal, du musst mir das der Reihe nach erzählen. Ich bin nicht ganz so fit. Also, was ist das für ein Song?«

»Das ist so ein Retro-Italo-Song. Warte, ich schick dir die Playlist, du findest sie auf Spotify. Sie heißt *Giulia per Natale*. Also *Julia zu Weihnachten*.«

»So, so. Dein Luca denkt also, er kriegt eine Giulia zu Weihnachten? Ist das so gemeint? Und du hörst dir jetzt die Playlist an. Ich glaube, du bist verloren.«

»Ein bisschen bin ich das tatsächlich«, gestand sie. »Einerseits bin ich erst zwei Wochen da und es ist schon viel passiert, und gleichzeitig denke ich: Ich bin ja nur noch zwei Wochen da, wie soll ich all das tun, was ich tun wollte? Ich dachte, ich mache hier ein paar ruhige Wochen mit ein bisschen Bergwandern und Schnee, und dann kommt meine Familie, und dann komme ich zurück zu dir, du Partymonster, und wir feiern Silvester. Und dann beginnt für mich ein neues Jahr, aber gerade fühlt sich das noch nicht so an.«

»Ich sag's ja«, seufzte Katrin. »Du bist verloren. Ich habe dich an Südtirol und einen Italiener verloren. Geht es denn noch schlimmer?« Jetzt wurde sie theatralisch. »Was soll ich nur ohne dich machen?«

»Ehrlich gesagt glaube ich, wenn du gerade erst aufgestanden bist und noch so drauf bist von der Party, dann solltest du einfach mal kalt duschen.«

———

Petra saß ebenso mit einer Tasse Kaffee und einer Decke am Fenster. Sie hatte sich vorgenommen, die Zeit vor Weihnachten zu genießen. Alle waren zwar mit Einkäufen und Vorbereitungen beschäftigt, aber sie hatte eigentlich nicht wirklich etwas zu tun. Seitdem klar war, dass sie zu Hause feiern wollten, hatte sie zwar erst ein Aufsehen wegen der Deko gemacht, aber dann hatte der Karl angeboten, sich an einem der Nachmittage mit Benni um den Baum zu kümmern, und Frieda hatte ganz selbstverständlich die Deko übernommen. Benni liebte es, mit der Frieda zu basteln. Die Wohnung wurde von Tag zu Tag weihnachtlicher. Na gut, ehrlich gesagt waren ein paar der Bastelideen von Benni schon etwas speziell. Aber das gehörte dazu. Petra hatte also nichts anderes zu tun als die Geschenke von Bennis Wunschliste zu besorgen und ansonsten die Vorweihnachtszeit ohne Stress zu genießen. Sie sah einer ruhigen Zeit bis Weihnachten entgegen.

Doch genau das machte sie unruhig. Sie konnte nur noch nicht sagen, wieso.

———

Unruhig war auch Thomas. Erst als Luca zustimmte, dass er ihn später noch auf einen Glühwein treffen würde, war er zufrieden. Er müsste Luca mal in Ruhe auf ein paar Dinge ansprechen. Da war doch etwas komisch mit Martin. Der war für Thomas' Geschmack eindeutig zu vertraut mit Julia und gestern hatte er auch noch einen Song für sie gespielt. Er verstand nicht, dass Luca so cool dabei blieb.

»Was ist denn los mit dir?«, hatte Petra ihn gefragt. »Kannst du nicht mal zwei Tage ohne Luca sein? Er hat doch gesagt, dass er mit Julia unterwegs ist. Seit wann bist du denn so wie ich?«

Thomas war nicht so wie Petra, keinesfalls. Er war nicht neugierig oder mischte sich in die Angelegenheiten anderer ein. Aber hier war doch etwas faul. Er war einfach ein guter Freund. Und als guter Freund würde er Luca später fragen, wie es denn so lief. Und wenn Luca dann seinen Rat wünschte, würde er natürlich alles tun, um ihm zu helfen.

Aber so kam es nicht. Luca brauchte keinen Rat, er äußerte keine Sorgen oder Bedenken. Er war in bester Laune und hatte Julia mitgebracht und das Gespräch drehte sich bald darum, was sie später essen würden.

So hatte sich Thomas das nicht vorgestellt. Aber gut, was wollte man machen? Luca schien es gut zu gehen, Julia wirkte eigentlich nett und aufrichtig. Und das Wichtigste, Martin war für einmal nicht in der Nähe. Erbeschloss, die Sache vorerst ruhen zu lassen. Morgen wäre auch noch einTag.

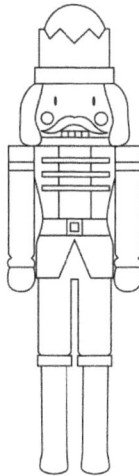

16. Dezember ᐦMontagᐦ

»Weißt du was, ich glaube, ich mache das einfach. Ich bleibe noch eine Weile hier und schaue mir an, wie es läuft. Ganz entspannt. Es gibt ja eh aktuell keinen Grund, direkt nach Hamburg zurückzukehren. Ich hatte zwar gedacht, ich bleibe nur den Dezember hier und suche mir danach wieder einen Job, aber ich kann ja erst mal hier auf dem Schlössl bei der Tante arbeiten und auch abwarten, wohin das mit Luca führt.«

»Okay«, sagte Katrin langsam und etwas besorgt. »Das stimmt, du kannst dir noch ein bisschen Zeit nehmen. Aber ist es das, was du willst? Ich meine Südtirol? Das kommt jetzt doch ziemlich plötzlich.«

»Es ist *jetzt* das, was ich jetzt will. Reicht das?«, fragte Julia und war sich selbst nicht sicher, ob es reichen würde.

Katrin war für ihre Verhältnisse untypisch ernst. Lag es am frühen Morgen? Hatte sie noch keinen Kaffee gehabt? Oder waren ihre Bedenken so groß?

»Dir muss es reichen, zumindest für den Moment, meine Liebe. Aber ich mache mir ehrlich gesagt ein bisschen Sorgen, dass du gerade von deiner Tante und der Weihnachtsstimmung und Luca überwältigt bist und überhaupt nicht mehr klar denken kannst. Ich vermute ganz klar, dass du verliebt bist. Und deshalb ist jede rationale Diskussion im Moment sowieso an dich verschwendet.«

Da war sie wieder, die typische Katrin mit ihren Sticheleien. Sie konnte es sich nicht nehmen lassen, noch eins draufzusetzen. »Weißt du, wenn du mich um diese Zeit anrufst, dann weiß ich sowieso, dass du verloren bist.«

Julia wollte protestieren, aber es war tatsächlich so, wie Katrin vermutet hatte. Sie hatte die Nacht bei Luca verbracht, und ihre Gedanken am Morgen danach hatten sich in erster Linie um Luca und ums Hierbleiben gedreht. Sie war sich nicht mehr sicher, ob sie Katrin angerufen hatte, weil sie selbst unentschlossen war oder weil sie ein schlechtes Gewissen gegenüber ihrer besten Freundin und auch ihren Eltern hatte. Weil sie das aber nicht zugeben konnte, ging sie auf Angriff über. »Du wirst mich also nicht vermissen, wenn ich hier verloren bin.«

Doch ihre beste Freundin durchschaute sie. »Liebes, es geht hier nicht um mich, und das weißt du.« Dann stellte sie die Frage, die sich auch Julia selbst stellte: »Bist du dir unsicher oder hast du ein schlechtes Gewissen?« Und es wäre nicht Katrin, wenn sie nicht noch treffsicher eins draufsetzen würde. »Gegenüber deinen Eltern?«

Dass Katrin damit genau Julias wunden Punkt traf, wurde jetzt auch Julia klar. Ein unverkennbarer Schmerz in der Brust erschwerte ihr für den Bruchteil einer Sekunde das Atmen. Sie wollte im Moment nirgendwo anders sein. Sie hatte, seit sie in Südtirol war, nicht einmal groß an Hamburg oder ihr Leben dort gedacht. Sie war so beschäftigt gewesen auf dem Schlössl und mit Luca und mit der Vorfreude auf Weihnachten, dass sie ihr altes Leben fast vergessen hätte. Aber jetzt dachte sie an ihre Eltern, und der Gedanke daran, sie zurückzulassen, tat weh.

»Ach, was soll's?«, sagte Katrin schließlich. »Du machst jetzt einfach mal, was du willst. Nimm einen Tag nach dem anderen und genieß es. Du musst ja nichts überstürzen.«

»Aber«, Julia wollte protestieren, »meine Wohnung und meine Eltern. Und Luca muss ich doch auch erst sagen, was ich—«

Aber ihre Freundin unterbrach sie. »Müssen tust du schon mal gar nichts, außer dein Leben leben.« Wobei sie das *dein* so stark betonte, dass es Julia schon fast Angst machte. Ihr Leben. So ein Riesending.

Katrin war noch nicht fertig. »Und du hörst außerdem mal auf, dir Gedanken über andere zu machen, sonst wirst du noch zu einem irren Zombie.«

Julia hatte sogleich ein Bild vor Augen, wie sie selbst mit tiefen Augenringen und zerzausten Haaren und ausgestreckten Armen gedankenlos herumwandelte und dahin lief, wo andere sie hinlockten. Sie schüttelte angewidert den Kopf, um den Gedanken loszuwerden.

»Nein, das wird mir nicht passieren.«

»Nein, das wird dir nicht passieren«, bekräftigte Katrin.

Das Problem war nur, dass sich die beiden dabei gar nicht so sicher waren. Aber was half es? Katrin musste los zur Arbeit und auch Julia beschloss, sich an die Arbeit zu machen und einen Tag nach dem anderen zu nehmen. Sie würde die Ruhe bewahren und kein irrer Zombie werden. Das würde ihr nicht passieren. Zumindest hoffte sie das.

———

»Ach, weißt du«, sagte Petra zu Frieda, als sie Benni abholte, »ich werde meine Familie und den Trubel schon etwas vermissen, aber ich glaube, für Benni ist es wirklich das Beste, wenn er mal zu Hause Weihnachten erlebt. Er hat neulich wieder irgendwas vom Christkind erzählt. Ich glaube, es ist wirklich das letzte Weihnachten, an dem für ihn das Christkind kommt und das sollte er einmal bei uns daheim erleben. Immerhin wollen wir am 23. mit allen Freunden feiern. Ihr kommt doch auch, oder?«

Weihnachten im Schlössl mit Freunden war eine wunderbare Idee. Weihnachten daheim in Ruhe auch. Ihr war immer noch nicht klar, was Petra eigentlich bevorzugte. »Also, dir ist gar nicht wirklich daran gelegen, Weihnachten allein mit Thomas und Benni zu verbringen?«

»Nein, natürlich nicht. Ich möchte einfach bei uns zu Hause sein. Aber ich kann ja schlecht meine ganze Familie hierher holen und sie allesamt in Bennis Stockbett packen. Und ich kann ihnen auch nicht zumuten, dass sie abends wieder nach Hause fahren und erst recht möchte ich sie nicht in einem Hotel unterbringen müssen. Daher habe ich einfach gesagt, komm, wir bleiben einfach daheim. Dem Benni macht das nichts aus. Ich glaube, ich vermisse einfach unseren Weihnachtszauber.« Sie seufzte, bevor sie auflachte. »Aber ein Gutes hat es ja. Wenn ihr möchtet, könnt ihr an Heiligabend zu uns kommen. Ihr habt es ja nicht weit nach Hause.«

Frieda war gerührt, wie selbstverständlich Petra die beiden als Teil der Familie willkommen hieß. Gerne würden sie und Karl Weihnachten mit dem kleinen Benni feiern. Sie hatte aber noch einen anderen Gedanken, deshalb sagte sie nur: »Da fällt uns schon noch etwas ein!«

—

»Walli? Frieda hier. Wie geht's dir?« Sie wartete die Antwort gar nicht erst ab. Sie wusste schon, wie es der Walli ging, weil sie sich erst kurz zuvor gehört hatten. Walli war eine alte Schulfreundin aus der Mädchenschule und sie waren regelmäßig in Kontakt. Zwar meist telefonisch, denn sie lebte nicht mehr ganz in der Nähe. Walli war mit ihrem Mann schon vor langer Zeit in den Ort gezogen, aus dem auch Petra ursprünglich kam. Und das war auch der Grund für Friedas Anruf.

»Sag mal, du kennst doch die Familie von der Petra. Hast du die Nummer von ihrer Mutter?« Auch wenn Frieda das als Frage formuliert hatte, war das bestenfalls eine rhetorische. Frieda ging fest davon aus, dass Walli einen direkten Draht zu allen Dorfbewohnern hatte. Sie war, wie schon so schön gesagt, ein *umtriebiges* Wesen. Schon als junges Mädchen war sie ständig unterwegs gewesen, hatte alle gekannt und war schnell zu einer zentralen Anlaufstelle für alle möglichen Anliegen geworden. Kurz gesagt: Walli wusste immer Rat und noch öfter wusste sie alles von allen.

»Ja.« Walli war verwundert. »Aber warum brauchst du denn ihre Nummer? Ist etwas mit Petra oder Benni oder mit Thomas?«

»Nein, nein«, beruhigte Frieda sie schnell. »Es ist alles in bester Ordnung. Wir müssen eine Nuss knacken.«

»Eine Knacknuss? Jetzt bin ich aber gespannt.«

Frieda verließ die Ebene der Metaphern und weihte ihre Freundin in das Vorhaben ein. Karl, der das Gespräch mithörte, sah sie belustigt an. »So euphorisch habe ich dich schon lange nicht erlebt. Du solltest öfter Nüsse knacken«, sagte er leise.

Frieda grinste zufrieden. »Wehe, du verrätst etwas.«

Karl, so lieb er auch war, konnte leider nicht viel für sich behalten. Er war keiner, der tratschte, aber es kam doch immer wieder vor, dass er nicht aufpasste und ihm etwas rausrutschte.

»Besser, ich erzähle dir nicht zu viel. Thomas weiß auch nur, was er wissen muss. Und der plaudert bestimmt nichts aus. Also sei nicht beleidigt. Es ist zu deinem Besten.«

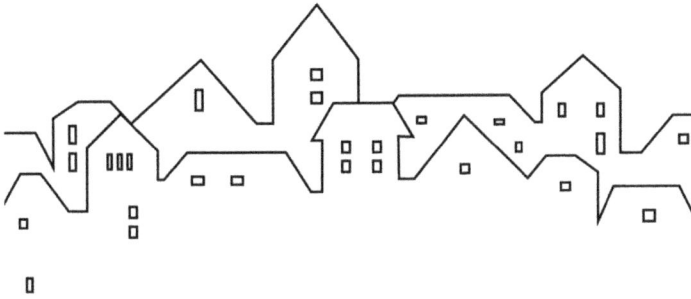

17. Dezember ⋅Dienstag⋅

Thomas startete einen neuen Versuch bei Luca, nachdem sein erster gescheitert war. Kaffeepause, die Zweite sozusagen. Er hatte Luca nochmal auf Julia und Martin ansprechen wollen, aber Luca reagierte nicht darauf. *Was würde Petra jetzt machen?*

Also fragte er Luca jetzt nochmal ganz direkt: »Du sag mal, ist das jetzt etwas Ernstes mit Julia? Ich meine für sie auch?«

Luca wirkte überrascht von Thomas Neugier. »Ma che ti succede? Was ist mit dir? Hat dich Petra geschickt?«

Thomas war seine Frage schon wieder peinlich und er ruderte zurück. »Ich meine ja nur, du verbringst viel Zeit mit ihr und du kennst sie ja vielleicht noch gar nicht so gut und—«

Luca winkte ab. »Ja ja, ich weiß, dass sie noch nicht so lange hier ist und eigentlich nicht hierbleiben wollte. Aber was kann ich tun? Ich schaue.«

Thomas war sich allerdings nicht sicher, wie gut Luca tatsächlich sehen konnte: »So so, dann schau du mal.«

———

Schauen tat auch Julia. Genau genommen starrte sie an ihre Zimmerdecke. Es war vier Uhr nachts und an Schlaf war gar nicht zu denken. Sie war nach zwei Tagen intensiver Arbeit und gelungener Ablenkung durch Luca erst völlig erschöpft ins Bett gefallen, aber jetzt lag sie wach und ihre Gedanken kreisten. Sie wusste doch eigentlich, was sie gewollt hatte, als sie nach Südtirol gekommen war. Einfach nur Abstand, um herauszufinden, welchen Job sie als Nächstes machen wollte. Dann hätte sie mit frischer Energie und frischen Ideen im neuen Jahr wieder durchstarten können. Und jetzt stand sie plötzlich vor der Frage: Hamburg oder Südtirol? Sie hätte nie gedacht, dass sie sich mal ernsthaft fragen würde, ob sie hier leben wollte. Sie fühlte sich als echte Hamburgerin.

Die Zerrissenheit kannte sie von ihrer Mutter, die nach dem Studium in Hamburg geblieben war, geheiratet und Julia bekommen hatte. Ihre Mutter sprach immer davon, nach der Pensionierung vielleicht zurück nach Südtirol zu gehen oder zumindest so halb: ein paar Monate in Südtirol, ein paar Monate in Hamburg. Ihr Vater war auch gerne mal in Südtirol, aber nur zum Urlaubmachen. Für ihn war Südtirol ein Stück auf dem Weg nach *Bella Italia* und ein bisschen *Dolce Vita*. Für ihre Mutter war es immer noch *daheim*.

Bei dem Gedanken an das schöne Italien stellte Julia sich selbst als Giulia vor. So hatte Luca sie genannt, mit einer ganz sanften Aussprache, und es hatte ihr gefallen. Würde das ausreichen?

Nun war die Zerrissenheit ihrer Mutter auf sie übergegangen. Oje, ihre Mutter! Was würde sie zu all dem sagen? Die fand es bisher amüsant, wenn die Tante meinte, sie würde sich die Julia ausleihen, und war froh über das gute Verhältnis der beiden. Ihr Vater hatte keine große Familie und sie hatten kaum Kontakt zu seinen Verwandten. Ein Umstand, den ihre Mutter immer wieder bemängelt hatte. Wenn Julia jetzt auch noch gehen würde, wie würde ihre Mutter das finden?

Und erst ihr Vater?! Ihr Vater, der sie immer in allem unterstützt hatte. Der so präsent gewesen war, wie kaum ein Vater dieser Generation. Der seiner Pensionierung entgegen sah und ziemlich offen aussprach, dass er den Garten des Hauses für die Enkelkinder vorbereiten wollte. Diesen Umstand wiederum hatte Julia öfters bemängelt. Sie hatte bisher noch nie an eine eigene Familie gedacht. Sie hatte ja nicht mal mit ihrem Exfreund zusammengewohnt. Und jetzt würde sie nicht nur ihre Wohnung wechseln, sondern gleich das Land. War sie überhaupt schon bereit für so weitreichende Entscheidungen?

18. Dezember ⋅Mittwoch⋅

Julia hatte keinen Schlaf gefunden, bis ihr Wecker am Morgen klingelte. Zu dem Zeitpunkt hatte sie eigentlich aufstehen wollen, aber die Müdigkeit war stärker, also hatte sie sich wieder umgedreht.

Um zehn Uhr hielt es die Tante nicht mehr aus. Sie wollte wissen, was mit Julia los war, und klopfte mit einem Kaffee in der Hand an ihre Zimmertür.

Julia gestand ihr, dass sie nicht wusste, was sie tun sollte. Die Tante versuchte, sie aufzumuntern.

»Weißt du, worauf es ankommt, Kind?«

Julia blickte sie mit großen Augen erwartungsvoll an. Die Tante, mit ihrer Lebenserfahrung und ihrer Art durchs Leben zu gehen, hatte schon viele Krisen gemeistert. Sie hatte das, was man Resilienz nannte. Julia war gespannt auf ihren Rat.

»Ich weiß es auch nicht«, sagte die Tante bestimmt, »es kommt eigentlich gar nicht darauf an.«

Julia war verwirrt. »Es kommt nicht darauf an, ob ich hier bleibe?«

»Es kommt nicht darauf an, ob du dir den Kopf zerbrichst oder nicht. Du wirst noch viele Entscheidungen in deinem Leben treffen. Große, kleine, unbedeutende, weitreichende. Und weiß du was? Ob du es dir schwer machst oder nicht, darauf kommt es nicht an. Mach einfach, was für dich stimmt!«

Hatte sich die Tante mit Katrin abgesprochen? Bei Katrins letztem Besuch hatten sie sich sofort gut verstanden. Julia hatte gedacht, das läge an der gemeinsamen und ausgeprägten Liebe für Glühwein. Gerade wurde ihr bewusst, dass Katrin und die Tante sich auch sonst sehr ähnlich waren. Sie waren beide stark und unabhängig. Und sie waren beide gute Ratgeberinnen für Julia.

Nach einer kurzen Pause sagte die Tante: »Los, Kind, jetzt aber raus aus dem Bett. Dein Leben will gelebt werden.«

—

Frieda hakte sich bei ihrer Freundin unter. Obwohl das nicht nötig gewesen wäre, denn der gepflasterte Gehweg zum Schlössl war mittlerweile frei von Schnee und mit Salz bestreut. Den beiden Damen drohte also keine Rutschpartie.

Bei ihren regelmäßigen Spaziergängen liefen sie in der Regel flotten Schrittes nebeneinanderher und gestikulierten wild in der Luft herum. Auch die größte Kälte konnte ihre Hände nicht im Mantel halten.

Frieda war meist damit beschäftigt, anschaulich von den Eskapaden des kleinen Benni zu erzählen. Und die Tante war es gewohnt, Ansagen zu machen und diese mit bedeutsamen Gesten zu unterstreichen. Die beiden Damen zu beobachten, war ein kleines Theaterstück. Immer wieder blieben sie stehen, um mit großen Augen den Ausführungen der jeweils anderen zu folgen.

Heute aber waren sie entspannt. Die Tante hatte die Hände tatsächlich in die Manteltaschen gesteckt und grinste zufrieden in Richtung Sonne. Frieda hingegen war aufgekratzt. Sie packte den Arm ihrer Gefährtin, weil ihr das noch mehr das Gefühl gab, dass sie beide Verbündete waren. »Ich finde das so aufregend! Das wird eine super Überraschung. Ich hoffe nur, dass Karl wirklich dicht halten kann.«

Sofort ließ sie wieder los, um mit hektischen Gesten zu erzählen, wie sich Karl neulich beim Legospielen mit Benni fast verplappert hätte.

»Stell dir vor, die bauen also so einen Turm, so hoch wie der Benni. Und der Karl kann es nicht lassen und sagt, er wird so hoch wie der

Weihnachtsbaum, zwei Meter. Und der Benni versteht das mit den Metern nicht so ganz und dachte, wir reden vom Peter. Zu Bennis Verteidigung, der Peter aus seinem Kindergarten ist wirklich so ein großer Bub, der als Maßstab herhalten könnte. Jedenfalls hat sich der Karl natürlich darüber so amüsiert, dass sie angefangen haben, alles in Peter abzumessen. Der Karl ist zwei Peter groß, findet Benni. Ich nur eineinhalb Peter.«

Die Tante musste laut lachen.

»Dann hat der Karl aber davon angefangen, dass der Weihnachtsbaum im Schlössl wohl am meisten Peter hoch war. Und der Benni hat dann natürlich angefangen, über Weihnachten im Schlössl zu reden, und das alles in dem Moment, als Petra nach Hause kommt. Und ich versuche, den Benni noch abzulenken und sage ihm, er soll Petra doch erzählen, was wir am Nachmittag gemacht haben und mal abschätzen, wie viele Peter denn die Mama groß ist. Aber der Karl kapiert es nicht und redet weiter von den großen Weihnachtsbäumen und davon, wie schön es ist, vor einem großen Weihnachtsbaum zu feiern und wie toll die Weihnachtsfeier werden wird. Und dann hat die Petra natürlich nachgefragt, welche Weihnachtsfeier? Und dann meinte Benni, die Feier mit allen. Und ich dachte schon, jetzt ist alles verloren, und ich habe Karl grimmig angeschaut. Und ich sag's dir, fast hätte ich den Lego-Turm umgeschmissen, weil ich mir nicht mehr zu helfen wusste. Ich wusste wirklich nicht mehr, was ich noch machen sollte, damit die beiden aufhören, von Weihnachten zu reden. Ich hatte mir erst überlegt, ich könnte ja über den Lego-Turm stolpern. Aber das wäre zu peinlich, dann denken sie noch, ich bin eine alte tollpatschige Frau und kann nicht mehr laufen. Nein, nein, sowas mache ich nicht. Aber zum Glück hat es der Karl dann doch noch gecheckt und selbst den Lego-Turm umgeschubst. Benni hat große Augen gemacht, ich hab schon gedacht, dass er anfängt zu weinen. Aber dann hat er gelacht und er wollte den Turm sofort wieder aufbauen, um ihn wieder umzuschmeißen. Ich sag's dir, das war knapp. Zum Glück war Petra durch die Aktion abgelenkt.«

»Du erlebst schon immer was mit denen.« Die Tante konnte vor Lachen kaum noch laufen. »Aber jetzt ist ja alles gut und wir können auch so langsam umdrehen und uns eine heiße Schokoladen holen.«

»Oder wir laufen noch um die Kirche herum und machen dann eine Schlaufe zurück in die Stadtgasse.« Da die Tante sie missmutig ansah, ergänzte Frieda schnell: »Komm, alte Freundin, die paar Meter schaffen wir auch noch«, und lenkte die Tante in Richtung Kirchweg.

—

»Papa, das Kostüüüm!«, rief Benni. »Ich brauche noch das Kostüm! Die Sonja hat doch gesagt, dass ich das Kostüm brauche für das Krippenspiel!«

»Jaaa«, war es diesmal Thomas, der mit einem langgezogenen A antwortete. Er äffte Benni noch mehr nach. »Ich weiß, dass du das Kostüüüm brauchst. Deswegen gehen wir jetzt in den Keller, um das Kostüüüm zu holen, damit du morgen das Kostüüüüm hast.«

So machten sie sich also auf den Weg in den Keller, um die Kiste mit den Verkleidungen herauszusuchen. Benni war über die Jahre hinweg schon als alles Mögliche verkleidet gewesen zu Fasching und bei den Weihnachtsspielen. Thomas war zuversichtlich, dass unter dem ganzen Zeug auch etwas für einen der Heiligen Drei Könige zu finden war. Benni war sogar noch zuversichtlicher, denn er hüpfte die Treppe zum Keller runter und verkündete, er wisse genau, was er bräuchte.

Was Benni dann hervorholte, war dann aber doch etwas unüblich für einen Weihnachtskönig. Da war ein grünes Oberteil, von dem man vielleicht noch sagen könnte, dass es als Königsgewand durchgehen könnte. Allerdings kombinierte er das Oberteil mit dem dazugehörigen gelben Glöckchenhut vom Kasperl-Kostüm. Die dazugehörige Latzhose war laut Benni eines Königs nicht würdig genug, deshalb kombinierte er dazu eine blaue Tunika vom Zaubererkostüm.

Bunter ging es nicht.

Thomas, der eigentlich ein gewissenhafter Mann war, beobachtete die Szenerie und fragte sich, ob er jetzt den Auftrag der Gruppenleiterin erfüllt hätte oder ob Benni mit seiner Wahl das Krippenspiel sprengen würde. Aber der Bub war so begeistert, dass er beschloss, es darauf ankommen zu lassen. Es waren ja noch zwei Tage bis zum Krippenspiel selbst, und falls mit dem Kostüm etwas nicht in Ordnung wäre, würde es die Sonja morgen schon sagen.

Der mit dem Kostüm bepackte Benni hüpfte vor Freude die Treppen hoch in die Wohnung und machte sich sogleich daran, den Kostümmix anzuprobieren.

»Was habt ihr euch denn dabei gedacht?«, fragte Petra beim Anblick des bunten Vogels.

Thomas zuckte nur mit den Schultern. »Benni halt«.

19. Dezember ⋆Donnerstag⋆

Kinder der Berge und Freunde der Blasmusik? Nein, so etwas ist altbacken!

Lieber: *Kinder der Berge und Freunde des Obstes in Gläsern!*

Martin musste über die eigene Wortwahl schmunzeln. Das war seine übliche Anspielung auf den Wein, aber wahrscheinlich doch unpassend.

»Kinder der Berge ...«, sagte er sich leise vor, um es dann weiter zu versuchen. Er stoppte sich aber direkt wieder, weil er dachte: *Ach was soll das denn? Warum Kinder der Berge?* Wieso sollte er bei einem Krippenspiel von den Bergen anfangen. Eigentlich spielte die Geschichte ja in der Wüste. Was sagte man da wohl zur Begrüßung?

Sonja hatte ihn gebeten, als Sponsor oder Gastgeber der Veranstaltung ein paar Worte zu sagen. Schließlich würde das Krippenspiel jetzt auf seinem Podest stattfinden. Er war allen vom Weihnachtsstand bekannt und könnte eine gute Einleitung bieten, um die Kinder und Eltern willkommen zu heißen.

Sonja, die sonst so viel redete – wenn das Publikum aus Drei- bis Fünfjährigen bestand – war dafür zu aufgeregt. Als sie einmal die Eltern bei einer Veranstaltung willkommen heißen sollte, war das gründlich danebengegangen. Sie war aufgeregter als ihre Kindergruppe gewesen und hatte schlimmer gestottert als der Leo aus ihrer Gruppe. Sie wollte keine Rede vor Erwachsenen halten. Und da Martin ja eigentlich immer einen Spruch auf Lager hatte, mit jedem reden konnte und grundsätzlich sympathisch rüberkam, hatte sie gedacht, sie könne ihm das Ganze einfach übergeben. Dann würde sie sich den Stress sparen.

Vielen Dank an den Martin und vielen Dank an alle fürs Kommen! Das würde sie sagen und nicht mehr. Und die Sache wäre erledigt.

Sie hätte niemals damit gerechnet, dass Martin nun selbst nervös war und zum ersten Mal nicht wusste, was er sagen sollte.

Auch Martin hatte nicht damit gerechnet. Eigentlich war er es gewohnt, spontan und lustig zu sein. Er machte sich nicht so viele Gedanken darüber, was er sagte. Aber jetzt meinte Sonja, er solle doch einfach *ein paar Zeilen* sagen.

Wer sagte denn einfach *ein paar Zeilen*?

Also hatte er sich hinsetzen und etwas schreiben müssen. Denn er wusste ja auch nicht, wie viele Zeilen sein Gesagtes sonst waren. Deshalb saß er nun vor seinem Notizblock und hatte schon den dritten Anfang durchgestrichen. Wenn er ehrlich zu sich selbst war, wusste er auch nicht, ob er so nervös war, weil er vor so vielen Menschen reden sollte, oder weil er versuchte, Sonja zu beeindrucken. Er fühlte sich wie ein Schneemann, der sich spontan über die aufsteigende Sonne gefreut hatte. Bis, naja, Schneemänner eben das tun, was sie in der Sonne so tun.

———

Von alledem wusste die Sonja nichts. Sie war nämlich damit beschäftigt, mit den Kindern die Kostüme anzuprobieren und noch eine Generalprobe zu veranstalten.

Benni kam mit seinem Kostüm zu ihr. »Schau, Sonja, was für ein tolles Kostüm ich habe!«

Sie war verwirrt. »Wolltest du nicht einer der Könige sein?«

»Ja!«, rief Benni begeistert. »Und das ist das beste Königskostüm!«

Für die Gruppenleiterin sah das Kostüm eher wie eine recycelte Kasperl-Verkleidung vom Fasching aus, aber sie wusste nicht so recht, wie sie es dem Bub sagen sollte. Außerdem war sie der Meinung, dass Eltern taten, was sie konnten, und vielleicht hatten Bennis Eltern einfach keine Zeit gehabt oder vielleicht hatte sie sich nicht klar genug ausgedrückt, als sie erklärt hatte, welche Verkleidung die Kinder mitbringen sollten.

»Ich glaube, das Christkind ist glücklich, wenn es mich so sieht«, sagte Benni. Er war überzeugt, der beste König aller Zeiten zu sein und dem Christkind die größte Freude aller Zeiten zu bereiten.

»Ah.« Sonja nickte, als hätten zwei und zwei logischerweise vier ergeben. Sie verstand, wie der kleine Benni auf den Kasperl gekommen war. Seit sie den Kindern die Weihnachtsgeschichte für das Krippenspiel nähergebracht hatte, war Benni ganz fasziniert von der Tatsache gewesen, dass das Christkind ein kleines Kind war. Und wer würde einem Kind mehr Freude bereiten? Ein Kasperl oder ein König? Ganz klar. Kindliche Logik war eben etwas Wunderbares. Benni hatte aus seiner Sicht ein gutes Argument.

»Du hast recht, Benni«, sagte sie schließlich, »das ist ein super Königskostüm! Also los, anziehen und bereitmachen für die Generalprobe!«

———

»Ich mag meine Familie ja, aber ganz ehrlich, so ein freier Nachmittag hat schon auch was.« Petra ließ sich auf eine Liege fallen und zupfte ihren Bademantel zurecht.

»Das kann ich mir gut vorstellen«, antwortete Julia, die sich in der Tat gut vorstellen konnte, dass ein Leben mit dem kleinen Benni die eine oder andere Aufregung bot. Die beiden Frauen hatten in den letzten Tagen ein paarmal telefoniert, um über die Partyvorbereitungen zu sprechen, und waren dann zum Schluss gekommen, dass sie sich einen Wellness-Nachmittag verdient hätten. Jetzt saßen sie mit einem Tee in der Hand im Ruheraum und dachten, jede für sich, dass sie die Gesellschaft der jeweils anderen genossen.

Petra war mit ihrer beschäftigten Art erfrischend für die besonnene Julia. Gleichzeitig konnte Julia Petras ständige Sorgen darüber, ob es allen gut ging, nur zu gut nachvollziehen. Die ruhige Julia, die wohlüberlegt über Freundschaft und Familie nachdachte, war für Petra eine geschätzte Gesprächspartnerin.

Sie hatten sich zwischen zwei Saunagängen ihre Lebensgeschichte in Kurzfassung erzählt, und Petra wusste über Julias Familie in Hamburg

Bescheid. Julia wusste jetzt, dass Petra und Thomas aus beruflichen Gründen in die kleine Stadt gezogen waren, dass ihre Eltern etwas weiter weg wohnten und insbesondere Petra ihre Familie vermisste.

Schließlich sagte Julia: »Ich glaube, ohne meine Freundin Katrin würde ich durchdrehen.«

Petra lachte. »Ich kenne das. Meine beste Freundin ist in Mailand, aber wir sprechen uns ständig. Trotzdem, lieber würde ich mit ihr, wie Frieda und deine Tante, jeden Tag spazieren gehen.«

»Ja, die beiden sind schon süß«, gab Julia zu.

»Lass uns das bald wieder machen«, sagte Petra. »Nicht spazieren meine ich, wir können ja entweder ins Wellnessbad gehen oder die Skier oder Schneeschuhe auspacken. Nicht nur Thomas und Luca gehen gerne in die Berge. Das können wir doch auch. Ich würde mich freuen, wenn ich nicht dem Thomas hinterherhecheln muss oder den Benni hinterherziehen muss.« Sie hatte Lust, einfach mal in ihrem Tempo Sport zu machen.

Julia empfand die Ausflüge mit Luca zwar noch nicht als stressig, aber sie konnte sich gut vorstellen, dass Luca seinen sportlich-ehrgeizigen Anteil gerade für sie etwas vernachlässigte.

»Ja, klar, lass uns mal losziehen.« Und wieder kam es ihr ganz selbstverständlich vor, dass sie noch eine Zeit lang hier sein würde.

»Du bleibst also noch eine Weile?«, schien Petra ihre Gedanken zu lesen.

»Ich vermute es. Es fühlt sich so einfach an zu bleiben, aber es ist doch eine große Entscheidung. Ich glaube, ich drehe langsam durch.«

20. Dezember ·Freitag·

»Julia, Liebes, sag mal, wie geht's dir denn so?« Katrin war auf der anderen Leitung. »Ich dachte, ich melde mich noch schnell, bevor der Weihnachtstrubel losgeht. Ich habe eben den Laptop zugeklappt und ab jetzt gibt's nur noch Lebkuchen oder, nein, Rumkugeln.« Sie lachte. »Aber erzähl mal, was ist bei dir los? Wo stehen wir mit Luca und was machst du jetzt mit dem Weingut?«

Julia wollte sich eigentlich gerade fertig machen, um zum Weihnachtsmarkt zu gehen. Heute war das Krippenspiel. Sie wollte sich vorher noch mit Luca treffen, um einen Moment mit ihm allein zu haben. Sie tippte nebenbei eine Nachricht an ihn: *Ich verspätete mich.*

Kein Problem, lass dir Zeit, war die Antwort, und ein Kuss-Emoji.

Julia musste lächeln.

»Ja, also mit Luca läuft es ganz gut, muss ich sagen.«

»Du bist mir ja eine. Haust du einfach in die Berge ab und schnappst dir den erstbesten Bergsteiger.«

Julia lachte. »Na ja, glaub mir, es war nicht mein Plan.«

»Und was ist dann dein Plan? Beim letzten Telefonat warst du dir ja noch nicht so sicher. Egoistischerweise muss ich gestehen, dass ich dich lieber in Hamburg hätte als in Südtirol, gleichzeitig hat so eine Ferienresidenz in den Bergen auch ihren Reiz.«

»Schon klar, dass du wieder nur an dich denkst«, stichelte Julia, lachte aber dazu. »Im Ernst, ich glaube, ich mache das. Ich muss es nur noch meinen Eltern beibringen.«

»Hast du dir das wirklich überlegt? Ich würde ja sagen, probier's einfach, aber ich muss auch noch etwas anderes loswerden.«

Was konnte denn jetzt kommen?

Julia war alarmiert. »Was ist los? Ist etwas passiert?«

»Nein, nein, alles gut«, beruhigte Katrin sie schnell.

»Erschreck mich nicht so! Mein Leben ist schon stressig genug.«

»Na ja, ich wollte dir einfach nochmal auf den Weg geben, dass dein Leben hier in Hamburg nicht so eingeschränkt ist, wie du immer denkst. Ich war letztens bei einer Weihnachtsfeier von unserem Alumni-Netzwerk, und weißt du, einige von denen haben sich selbstständig gemacht. Das könntest du auch und einfach von hier aus den Wein vermarkten. Dann hättest du auch schon deine erste Kundin.« Julias Freundin hatte sich anscheinend Gedanken gemacht. Sie fuhr fort. »Und sonst gibt es auch hier kleine Unternehmen, die jemanden im Marketing suchen, der sich um alles kümmert und nicht nur Zahlen optimiert. Eine Freundin zum Beispiel hat mir erzählt–«

Julia unterbrach sie. »Ich weiß. Natürlich gibt es auch andere Jobs als den langweiligen, den ich hatte.«

»Du hattest einen sehr guten Job, mach ihn nicht schlechter, als er war, und du warst auch erfolgreich.«

»Ja, für eine bestimmte Zeit war es ja auch gut, aber ich möchte etwas anderes machen.«

»Etwas anderes«, lachte Katrin. »Erinnerst du dich noch an die Ex-Freundin von deinem Nachbarn? Wir hatten sie nur einmal auf eurer Hausparty getroffen.«

Julia wusste ganz genau, von wem ihre Freundin da sprach, und deswegen wusste sie auch genau, was jetzt kommen würde.

»Die meinte doch, sie wäre auch im Marketing gewesen, und wir dachten uns noch: Meine Güte, die hat sicher alle Kunden weggenervt statt akquiriert. Und dann wollte sie ja auch etwas anderes machen und ist Lehrerin geworden. Und weißt du noch, wie wir uns über sie lustig gemacht haben und gesagt haben: Die armen Kinder, die haben ja keine Wahl, die müssen sich jetzt von ihr nerven lassen. Aber sie hat erzählt, wie sehr sie eigentlich alles nervt, weil die Eltern so schlimm sind.«

»Was willst du mir damit sagen? Ich werde ja nicht Lehrerin.«

»Ich will einfach sagen, manchmal stellen wir uns etwas anderes viel besser vor, als es ist, dabei ist unser Leben gar nicht so schlecht.« Sie hielt kurz inne. »Ach, vergiss, dass ich davon angefangen habe. Ich glaube, ich vermisse dich eben. Aber das ist egoistisch, ich weiß.«

»Ich vermisse dich doch auch. Weißt du was? Komm doch einfach auch her!«

Ihre Freundin lehnte ab. »Ne, ne, mach du mal deine Fehler allein.« Dann verstummte sie abrupt. »Tut mir leid, ich wollte das so nicht sagen. Ich meine nicht, dass es ein Fehler ist. Ich meine nur, du kannst wirklich jederzeit zurückkommen. Es gibt neben mir und deinen Eltern auch andere Leute und tolle Möglichkeiten, die auf dich warten.«

———

Katrins Worte hallten in Julias Kopf nach, als sie zum Weihnachtsmarkt lief.

Mach du mal deine Fehler allein.

Sie war ihrer Freundin nicht böse. Dafür hatte sie gar keine freie Kapazität. Sie haderte mit ihrer eigenen Entscheidung. Aber warum? Es war doch eigentlich entschieden. Hatte sie nun doch Zweifel?

Ganz in Gedanken versunken, hätte sie Luca beinahe übersehen.

»Giulia, suchst du vielleicht jemand anderen?«, rief er ihr zu.

Sie drehte sich um. Luca stand am Glühweinstand, zwei Tassen vor sich und begrüßte sie mit einem breiten Lächeln. Wie immer hatte er die Mütze tief in die Stirn gezogen. Nur eine kleine, braune Locke schaute an der Schläfe hervor. Er umarmte und küsste sie zur Begrüßung, als wäre es das Selbstverständlichste auf der Welt, dass sie hier war und er auch.

In Julias Kopf drehte sich alles. Was fühlte sie wirklich? Würde sie auch hierbleiben wollen, wenn es Luca nicht gäbe? Sollte sie doch mal die Fakten prüfen? Und die Entscheidung analysieren, wie sie es von ihrem alten Job gewohnt war? Wie groß war der Anteil *Schlössl*, wie groß war der Anteil *Luca*? Und demgegenüber: Wie groß war der Anteil *Eltern, Freunde, Jobmöglichkeiten in Hamburg*?

Weil sie seine Umarmung nur halbherzig erwiderte, trat Luca einen kleinen Schritt zurück und sah sie besorgt an. »Was ist los?«

»Nichts«, log sie und seufzte. »Meine Freundin hat gerade angerufen.«

»Ist etwas passiert?« Lustig, diese Frage hatte Julia auch gestellt. Warum war der Anruf nur so alarmierend gewesen?

»Nein, nein«, winkte sie schnell ab. »Es ist einfach eine große Entscheidung.«

Luca verstand. Und er verstand auch nicht.

—

Steffi war zufrieden mit der Krippe und dem Bühnenbild. Auch die Esel waren glücklich und wurden von der Theatergruppe gestreichelt und hinter den Ohren gekrault, was sie besonders gerne hatten.

Steffi hatte Martin dann doch noch überzeugen können, dass ein Rentiergeweih auf den Eseln nicht glaubwürdig wäre und sie es besser bei der traditionellen Ausstattung der Krippe belassen sollten.

Jetzt standen da Strohballen, ein paar Esel, ein paar Weihnachtsbäume und viele bunt gekleidete Kinder. Und Steffi fand es genau richtig, weil so die Aufmerksamkeit ganz auf den Kindern lag.

»Welche Rolle spielt eigentlich der Benni?«, fragte Frieda.

»Er ist einer der Könige«, sagte Petra, »aber frag mich nicht welcher.«

»Der Kasperlkönig«, grinste Thomas und war stolz auf seinen Benni, der das ungewöhnliche Kostüm mit einer Selbstsicherheit präsentierte, die seinesgleichen suchte. Neben ihm stand seine beste Freundin Chiara, in einem pinken Kleid. Sie sollte auch einen König, in dem Fall eher eine Königin, spielen, sah aber eindeutig nach Märchenprinzessin aus. Die Kindergärtnerin hatte das Theaterspiel als *modernes Weihnachtsspiel mit kindlicher Interpretation, von und für Kinder gemacht* angekündigt.

»Kindliche Interpretation«, grinste Thomas weiter und stupste Julia an. »Was Marketing so alles ausmacht. Selbst dieser zufällig zusammengewürfelte Haufen hier wird als kunstvolle Einheit präsentiert.«

Julia stimmte zu und wurde nachdenklich.

»Ja, das stimmt schon«, sagte sie. »Die Geschichten werden meistens geradliniger erzählt, als sie wirklich sind. Dabei machen Zufälle es doch eigentlich so spannend und man weiß halt nicht immer, wie und wo etwas hinführt. Aber im Nachhinein macht alles Sinn. Es braucht nur manchmal ein bisschen, bis man es selbst merkt.«

Thomas war sich nicht sicher, ob es noch um das Krippenspiel ging, hatte aber auch keine Zeit mehr zum Nachfragen. Denn eben jenes Krippenspiel fing jetzt an und alle Kinder kamen gleichzeitig nach vorn, bildeten eine Reihe und marschierten los, während Sonja vortrug, dass die Menschen nach Bethlehem aufbrachen. Dass von Anfang an auch die Könige und Esel mit marschierten, war vermutlich auch eine neue kindgerechte Interpretation.

———

Luca ahnte, dass Julia nicht von dem Krippenspiel gesprochen hatte, auch wenn er nicht genau wusste, was Julia meinte. War er selbst dieser Zufall? Oder war es der Anruf? Morgen würden ihre Eltern ankommen. Hatte sie etwa Zweifel?

Julia blickte konzentriert zur Bühne. Luca versucht dasselbe. Aber so richtig konnte er sich nicht auf das Geschehen konzentrieren.

21. Dezember ⋅Samstag⋅

»Endlich seid ihr da! So schön!« Die Tante begrüßte ihre Schwester und ihren Schwager überschwänglich. Natürlich mit Julia, die ihre Eltern ebenfalls umarmte, und so standen sie eine Weile im großen Flur des Schlössl und redeten durcheinander über die Fahrt, über die Freude und über die anstehende Feier. Bis die Tante schließlich zum Glühwein rief und es sich alle am langen Küchentisch gemütlich machten, von wo sie so schnell nicht wieder aufstehen würden.

Luca hatte Julia am Vormittag noch geholfen, eine Lasagne für die Familie vorzubereiten. Die Tante, die sich gar nicht erst die Mühe machte, so zu tun, als würde sie helfen, gesellte sich trotzdem zu ihnen. Sie wollte mit eigenen Augen sehen, ob die beiden zueinander passten. Und was sie da sah, gefiel ihr. Ehrlicherweise gefiel ihr die Lasagne auch sehr gut, aber die ruhige und zuvorkommende Art von Luca gefiel ihr mehr. Sie war erleichtert. Denn dass Luca in Julias Leben getreten war und damit ihre Entscheidung, in Südtirol zu bleiben, befeuert hatte, kam der Tante natürlich gelegen. Sie konnte niemandem vormachen, dass sie unvoreingenommen war. Zum Glück hatte ihr Luca keinen Anlass für ein schlechtes Gewissen gegeben. Er schien ein ganz netter zu sein. Und die *Lasagne di Luca* schmeckte jetzt Julias Eltern. Das war doch mal ein Anfang.

—

So beruhigt die Tante war, so unruhig waren Julia und Luca. Die beiden hatten gestern noch versucht, miteinander zu reden, aber was gab es schon zu sagen? Julia war sich zwar sicher, dass ihre Zeit in Südtirol noch nicht zu Ende gehen sollte, aber jetzt, da es ernst wurde und sie mit ihren Eltern darüber sprechen wollte, wurde sie zunehmend nervös.

Luca wollte nur die Gelegenheit haben, Julia besser kennenzulernen. Aber er wollte auch nicht der Grund sein, dass sie in Südtirol blieb, wenn sie woanders glücklicher wäre. Was sollte er also sagen?

Julia würde da durch müssen und Luca würde abwarten müssen. Und das tat er auch. Er saß zu Hause und wartete. Dann wartete, während er eine Runde laufen ging, um den Kopf frei zu kriegen. Er wartete, während er seine Wohnung aufräumte und für den Besuch seiner Eltern am Heiligabend vorbereitete. Er wartete während des Essens und als er sich einen Film anschaute. Er wartete mit einem Buch im Bett, bis sich Julia melden würde und hoffentlich erzählte, dass ihre Eltern die Nachricht gut aufgenommen hatten.

———

»Mama, ich muss dir etwas Wichtiges sagen«, begann Julia zögerlich. Ihre Stimme zitterte. Sie war angespannt und das schlechte Gewissen nagte an ihr. Gleichzeitig spürte sie die Sehnsucht nach ihrer Familie, nach dem vertrauten Zuhause. Und sie machte sich Sorgen um ihren Vater. Sie wusste, dass er unter ihrer Entscheidung leiden würde, aber er würde es wahrscheinlich nicht zeigen.

Sie war froh, dass sie und ihre Mutter endlich einen ruhigen Moment für sich hatten, während ihr Papa der Tante mit einem Problem mit der Heizung half. Natürlich gab es kein Problem mit der Heizung. Aber Julia war so nervös gewesen, dass die Tante fand, sie brauchte ein bisschen Zeit mit ihrer Mutter. So eine Heizung kann dann schon mal Probleme machen.

Julias Mutter blickte sie jetzt zunächst besorgt an, lächelte dann sanft. »Ich ahne es schon. Deine Tante hat mich vorgewarnt.«

»Wirklich?«, fragte Julia überrascht. »Was hat sie denn gesagt?«

»Na ja, sie hat ein schlechtes Gewissen, weil sie dich von mir weg holt. Das hat sie gesagt. Und das ist für sie eigentlich untypisch.«

»Was?«, hakte Julia nach. »Aber ich habe ihr noch nicht gesagt, wie ich mich entschieden habe.«

»Ich glaube, sie hat es einfach geahnt. Du kriegst diesen schrecklich verträumten Blick, wenn du von ihm redest«, verdeutlichte sie.

Julia wurde rot. »Und was denkst du darüber?«

»Ich habe mir schon länger Gedanken gemacht. Natürlich wünsche ich mir, dass du nicht so weit weg bist. Aber ich habe diese Entscheidung ja auch schon einmal getroffen und nie bereut.«

Julia überlegte einen Moment. Ihre Mutter war ja auch damals von Südtirol nach Hamburg gezogen. Sie war so mit ihrer eigenen Entscheidung beschäftigt gewesen und damit, was es mit ihrem Vater machen würde, dass sie zwischenzeitlich die Parallelen zu ihren Eltern vergessen hatte. Es war dasselbe und eigentlich auch ganz anders.

»Du hast immer gesagt, dass Südtirol dein Zuhause ist.« Julia erinnerte sich, dass ihre Mutter stets etwas wehmütig war. Insbesondere als die mittlerweile verstorbenen Großeltern immer gebrechlicher wurden. »Hast du es denn wirklich nie bereut?«

»Man kann mehr als ein Daheim haben. Und wenn ich damals in Südtirol geblieben wäre, hätte mir noch viel mehr gefehlt. Ich hatte gerade erst deinen Vater kennengelernt und konnte meinem Traumberuf nachgehen. Das hätte ich alles nicht einfach auslassen wollen.«

»Oja, Papa!«, Julia fiel es wieder ein. Eigentlich galt ihre Sorge ja ihm. »Wie soll ich es ihm nur sagen?«

Ihre Mutter nahm ihre Hand. »Auch er kennt die Situation. Er war ja der Grund, warum ich in Hamburg geblieben bin. Und er weiß, ich würde es jederzeit wieder tun. Mach dir nicht so viele Sorgen um uns. Wir kommen zurecht. Wichtig ist, dass du glücklich bist.«

22. Dezember =Sonntag,

4. Advent=

»Es braucht mehr Lametta.« Die Tante stand vor dem Weihnachtsbaum, die Hände in die Hüften gestützt und begutachtete ihn kritisch. Die ganze Familie hatte sich direkt nach dem Frühstück aufgemacht, die Weihnachtsdekoration vom Dachboden zu holen und die Tanne zu schmücken.

Die Tante, die sonst kein Fan von Kitsch war, machte hier eine Ausnahme: Der Weihnachtsbaum musste glitzern.

Sie hatte den Obermaier schon vor Tagen losgeschickt, um im angrenzenden Wald einen Baum zu holen. Ihr Neffe hatte bereits die Lichterkette montiert. Und nun hingen da auch verschiedene alte Schmuckstücke, die sich über die Jahre angesammelt hatten. Einige davon stammten noch von ihren Schwiegereltern und lagerten seit Ewigkeiten auf dem Dachboden. Zwar hatten die alten Stücke auch schon Macken, aber wenn sie sich noch aufhängen ließen, kamen sie an den Baum.

Was für die Tante nicht fehlen durfte, waren trotz der Lichterkette auch echte Kerzen und insbesondere Lametta. Die Tante machte sich jedes Jahr die Mühe, jeden einzelnen Aluminium-Lametta-Faden wieder vom

Baum zu nehmen und einzupacken, um ihn dann im nächsten Jahr wieder aufzuhängen.

Ihre Schwester hielt ihr wortlos die zweite Packung Lametta hin, ihr Schwager war mit dem Aufbau der Krippe beschäftigt, und Julia meinte, sie würde noch ein paar Sachen für die Dekoration im Weinkeller raussuchen. Da dämmerte es Julia.

»Wir haben gar keinen Baum für die Feier im Keller. Alle haben vom großen, bunten Weihnachtsbaum geschwärmt, und davon haben sie nun gar nichts. Der steht ja immer hier im Wohnzimmer.«

Ihre Mutter versuchte, sie zu beruhigen. »Wir haben genug Deko, um da unten eine weihnachtliche Stimmung zu zaubern.«

Aber Julia ließ sich nicht davon abbringen. »Ich habe dem kleinen Benni einen Weihnachtsbaum versprochen.«

Die Tante, die geschickt das Lametta Faden für Faden um die Zweige hängte, runzelte die Stirn und seufzte. »Wir sagen es morgen dem Obermaier, der wird sich bestimmt freuen, dass er noch einen Baum holen darf. Ich glaube, dann müssen wir aber auch noch mal in die Stadt. Ich weiß nicht, ob wir genug Lametta haben.«

»Und was verstecken wir eigentlich?«, schaltete sich Julias Papa mit einem Themenwechsel in die Diskussion ein.

»Keine Gurke, bitte«, antworteten Julia und ihre Mutter gleichzeitig. Julias Papa schaute sich um und sagte schließlich: »Ich hab's. Eine Mandarine, die ist neben den Kugeln auch schwer zu finden.« Damit konnten alle Baum- und Deko-Expertinnen nach einer kurzen Überlegung gut arbeiten.

—

Genug Lametta hatte der Baum von Benni, Petra und Thomas keinesfalls. Auch an Anhängern konnte er noch etwas vertragen, aber das, was hing, war schön, immerhin selbstgemacht und erzählte eine Geschichte.

Petra war zwar noch etwas wehmütig darüber, dass sie Weihnachten nicht mit ihrer Familie feiern konnte, aber es würden auch so schöne Weihnachten werden. Dann erinnerte sie sich daran, dass sie die Zeit und die Ruhe genießen wollte. Also schenkte sie sich Kaffee nach und nutzte den Moment, während Thomas noch im Bad war und Benni sich selbst in seinem Zimmer beschäftigte, um sich auf die Couch zu setzen und einfach mal nichts zu tun. Es wollte ihr aber nicht recht gelingen, sich zu entspannen. In ihrem Kopf kreisten die Gedanken und immer wieder landete sie bei Julia.

Petra wusste, dass ihre Eltern am Vortag angekommen waren und Julia besorgt darüber gewesen war, wie sie ihnen beibringen sollte, dass sie in Südtirol bleiben würde. Seit gestern hatte sie nichts mehr von ihr gehört, und sie hoffte, dass es ihr gut ging. Schließlich würden sie morgen alle zusammen auf dem Schlössl die Weihnachtsfeier ausrichten und Julia hatte sich schon darauf gefreut, mit Luca und ihren Eltern zu feiern. Hoffentlich würde ihre Entscheidung, in Südtirol zu bleiben, nicht die Zeit mit ihrer Familie trüben. Sie kannte Julias Eltern ja nicht, aber von den Erzählungen her schienen sie ganz nett zu sein. Trotzdem war es eine große Botschaft. Sie wusste nicht so recht, ob sie sich bei Julia erkundigen sollte oder ob sie stören würde. Sie entschloss sich dafür.

»Freunde fragen nach«, dachte sie laut. »Immer.«

—

»Was macht denn der Luca?«, fragte Julias Papa später. Julia stand mit ihren Eltern und einem Glühwein in der Hand auf dem Weihnachtsmarkt und war gespannt darauf, wie das erste Aufeinandertreffen der beiden mit Luca laufen würde. Martin, wie immer schlagfertig, aber doch geheimnisvoll, rief aus seinem Stand heraus: »Alles macht der Luca. Der macht alles für die Julia, das habe ich schon vom ersten Moment an gesehen. Der Luca ist ein Guter.«

Er hatte eigentlich gemeint, was Luca beruflich macht, musste sich aber dann eingestehen, dass er wohl doch erfahren hatte, was ihn wirklich interessiert hatte. Julias Mutter grinste nur. Sie kannte ja den Martin und wusste, dass ihm meist nicht mehr als kryptische Andeutungen und freche Sprüche entlockt werden konnten.

»Ja ja, du Gescheiter, du hast natürlich alles schon vom ersten Moment an kommen sehen«, meinte sie.

»Ja«, grinste Martin selbstsicher. »Das habe ich tatsächlich kommen sehen. Bei den beiden habe ich mir von Anfang an gedacht, das passt schon.«

»Passt schon?«, fragte Julias Vater. Für ihn klang *passt schon* nach zu wenig, wenn man bedachte, dass diese Beziehung einen Ortswechsel für Julia bedeuten würde.

»Etwas Besseres wirst du von einem Südtiroler nicht zu hören kriegen«, sagte Julias Mutter, hakte sich bei ihrem Mann ein und drehte sich mit ihm zu Julia und Luca, der inzwischen angekommen und von Julia in Empfang genommen wurde.

»Papa, das ist Luca. Er ist Ingenieur, wie du«, antwortete Julia auf die ursprüngliche Frage ihres Vaters.

»Ach so?« Der Vater wirkte erfreut.

»Ich hab ja gesagt, das passt schon!«, rief der immer noch selbstgefällig grinsende Martin im Vorbeigehen. Für eine Sache war Martin auch sehr gut zu haben: In schwierigen Momenten konnte er anderen aus der Verlegenheit helfen, indem er einfach die Aufmerksamkeit auf sich lenkte. Jetzt konnten alle gemeinsam die Augen verdrehen. Und damit waren sie kurz abgelenkt von der eigentlichen Situation, in der man sich immer befand, wenn man als Tochter seinem Vater den Mann vorstellte, für den man Tausende Kilometern weit wegzog. Oder wenn man als Vater den Mann sympathisch finden sollte, der vorhatte, einem die Tochter wegzunehmen.

23. Dezember =Montag,

Heiligabend-Vorabend=

Petra verstand nicht, was mit ihren Männern los war. Der Kleine grinste über beide Ohren und war ganz zappelig, er konnte kaum ruhig sitzen. Und der Große, der sonst so ruhig war, war heute auch schon den ganzen Tag nervös. Er sprach in Rätseln und stresste sie wegen der Weihnachtsfeier.

»Was glaubst du, wann du fertig bist? Was müssen wir noch vorbereiten fürs Buffet? Wir wollten ja auch früher aufs Schlössl und dort mit den Vorbereitungen helfen. Musst du dich eigentlich noch fertig machen, also ich meine so richtig fertig machen mit Haaren und so?«

Petra warf ihm einen genervten Blick zu. »Thomas, was ist los? Bist du wirklich so aufgeregt wegen der Party? Es ist doch alles organisiert, und wir haben noch den ganzen Tag zum Vorbereiten. Es ist einfach eine Party mit Freunden. Wir werden weder verhungern noch uns langweilen. Ich bin sicher, Julia hat alles im Griff und alle haben genug gekocht – nein, alle werden zu viel gekocht haben – und wir sind auf dem Schlössl, da geht uns auch der Wein nie aus. Also, was ist los mit dir?«

Sie hatten schon noch einiges zu erledigen, aber Thomas' Hektik würde da auch nicht helfen. Sie wollte sich nicht von ihm aus der Ruhe bringen lassen. Denn es war ja so, wie sie sagte. Alles war organisiert und sie würden sich gut amüsieren. Was sollte schon schiefgehen?

Gleichzeitig waren die Dinge halt immer leichter gesagt als getan. Und neben den Vorbereitungen in der Küche mussten sie sich auch noch um Benni kümmern. Er musste mitspielen und sich nicht so stark verausgaben, dass er am Abend müde und quengelig war. Und ein bisschen besorgt um Thomas war sie schon auch. War er immer noch so komisch wegen Luca und Julia? Das erschien nun wiederum ihr komisch, denn mit den beiden war alles in Ordnung. Sie verstand nicht, was ihn beschäftigte und sie sollte es auch den ganzen Vormittag lang nicht verstehen. Sie verstand erst, als es gegen Mittag klingelte und ihre ganze Familie vor der Tür stand.

Völlig überwältigt brachte Petra erst kein Wort hervor. Nach einigen Sekunden schaffte sie es zu fragen: »Was macht ihr denn hier?«

Ihre Eltern grinsten nur, und ihre Schwestern nahmen sie sofort in den Arm.

»Wie? Du freust dich nicht, uns zu sehen?«

Petra stand verdutzt da. »Ja, aber wieso oder warum? Was macht ihr hier? Wir wären doch zu euch gekommen in ein paar Tagen.«

Dann erbarmte sich Petras Mutter endlich. »Die Frieda hat mich über die Walli kontaktiert und gesagt, dass wir alle im Schlössl schlafen können. Und da ihr heute da feiert, haben wir direkt beschlossen, einen Tag früher zu kommen und uns dazu zu gesellen. Und morgen hast du uns dann ganz für dich.«

Petra konnte nicht glauben, dass Frieda das alles organisiert hatte und jetzt ihre ganze Familie in der Stadt war. Sie schaute von Thomas zu Benni und wieder zu Thomas.

»Hast du davon gewusst?«, fragte sie schließlich. Thomas grinste, wenngleich er das Grinsen von Benni nicht übertreffen konnte.

»Und du hast nichts gesagt?« Kaum hatte sie die Frage ausgesprochen, wurde ihr selbst bewusst, wie absurd sie war. Natürlich hatte Thomas nichts verraten. Es war ja Thomas. Als sich Petra langsam wieder fing, bemerkte sie, dass ihre Familie immer noch bei geöffneter Tür halb draußen in der Kälte stand.

»Jetzt kommt doch erstmal rein. Ich glaube, ich brauche noch einen

Moment, um mich zu sammeln. Also los, nicht dass ihr mir noch erfriert.«

»Sammle dich schnell«, sagte ihre Schwester beim Reingehen. »Wir packen euch gleich ein und gehen direkt zum Schlössl.«

»Ja, aber erst klingeln wir auch noch bei Frieda und bedanken uns«, sagte ihre Mutter.

—

Benni hüpfte zwischen seinen beiden Tanten, Petras Schwestern, die letzten Meter der Auffahrt zum Schlössl hinauf. Petra hatte sich bei ihrer Mutter untergehakt, wobei nicht ganz klar war, wer wen stützte, da sie selbst noch recht wackelig war. Der freudige Schock der Überraschung saß noch tief. Thomas war stolz, Teil dieser Überraschung gewesen zu sein, wenn er auch nicht so viel getan hatte. Vielleicht aus diesem Grund tat er gerade noch etwas mehr: Er trug allein das ganze Essen, das sie vorbereitet hatten. Mit einem Stapel Schüsseln in seinen Armen lief er etwas ungeschickt neben Petras Papa, der ihm zwar mehrfach anbot zu helfen, sich dann aber damit begnügte, Thomas, der kaum über den Stapel Schüsseln hinweg blicken konnte, wenigstens auf Hindernisse in der Auffahrt hinzuweisen.

Thomas würde tatsächlich gerne noch mehr tun. Das hatte er sich für heute fest vorgenommen. Normalerweise war er der Meinung, dass man den Dingen ihren Lauf lassen müsste. Aber die Dinge mit Luca, Julia und Martin nahmen nun doch einen komischen Lauf. Bald sollte Thomas mehr erfahren.

—

Der Weinkeller war zum Weihnachtskeller geworden. Der Obermeier hatte am Vormittag einen fast zwei Meter hohen Christbaum in den Keller gebracht, ein paar Zweige und noch Reste von den geschnittenen Reben.

»Wir sind ja auf einem Weingut, da müssen auch ein paar Reben als Dekoration herhalten«, hatte er stolz verkündet. Wer hätte gedacht, dass der Obermeier, der sonst im sterilen Labor saß, einen Sinn für Dekoration hatte. Julia hatte ihm zum Dank auf die Schulter geklopft, was ihn sichtlich freute. Sie hatte vom Dachboden weitere Kisten mit altem Christbaumschmuck geholt. Dank des zweiten Baumes konnte sie auch die letzten, die wirklich alten Kisten mal rausholen. Jetzt machten sich Petras Schwestern mit Benni und Julia selbst über die Kisten her.

»Das sind ja wahre Schätze«, staunten sie beim Anblick einer handverzierten Weihnachtskugel, die mindestens fünfzig Jahre alt war.

Benni war fasziniert von einem Nussknacker und hatte Spaß daran, einen Finger nach dem anderen in seinen Mund zu halten.

Auch Petras Mutter, die in den Keller gekommen war, um den Platz für das Buffet zu begutachten, konnte nur staunen: »Das ist ja noch mehr als bei uns zu Hause. Was für eine Überraschung.«

—

Später in der Schlössl-Küche waren Petras und Julias Mutter mit den letzten Vorbereitungen für die Feier beschäftigt. Die Tante brühte wie gewöhnlich einen Glühwein auf und war mit Danebenstehen und alle paar Minuten Umrühren voll ausgelastet. Petra und Thomas halfen ebenfalls in der Küche. Während Thomas ruhig und zufrieden Gemüse schnitt, konnte Petra immer noch nicht glauben, was hier gerade passiert war.

»Erzähl noch mal, wie das jetzt vonstattengegangen ist mit der Frieda und der Walli«, verlangte Petra erneut nach Aufklärung. »Ich wusste gar nicht, dass ihr euch so gut kennt.«

»Ja, ja«, sagte die Tante. »Wir sind alle im gleichen Mädchenheim in die Schule gegangen. Wir kennen uns schon sehr, sehr lange. Ewig.«

»Ach, diese Schule«, lachte Petra. So langsam durchschaute sie das Netzwerk. Sie war immer noch überwältigt. »Ich kann gar nicht glauben, dass ihr das für mich getan habt. Das ist so ein Riesengeschenk!«

»Ach, Freunde von Walli sind auch meine Freunde«, sagte die reisefaule Tante, die sichtlich Freude am Trubel in ihrem Schlössl hatte. Ohne groß etwas dafür tun zu müssen, verstand sich. Sie machte sich daran, ihre geheime Glüh-Kerner-Mischung vor den Augen aller mit Mandarinen zu verfeinern.

—

Der diesjährige Kerner gab einen wunderbaren Glühwein ab. Der würzige Duft erfüllte mittlerweile den gesamten Weinkeller. Alle Gäste hatten Essen mitgebracht, anstelle der üblichen Flasche Wein. Denn wenn man eins nicht macht, dann Wein zur Kellerei tragen. Benni stand vor dem Buffet und verschlang es mit den Augen. Er wusste gar nicht, wo er anfangen sollte. Zum Glück war die Tante zur Stelle, um ihm zu helfen und seinen

Teller zu beladen.

»Weißt du, was das Leben ist? Kurz! Wir fangen mit dem Nachtisch an. Hier hast du mal ein paar Strauben.«

Benni grinste die Tante dankbar an. Die war ja wirklich so toll, wie die Oma Frieda immer erzählte. Er nahm den Teller dankbar entgegen und rannte damit zu Frieda und Karl, die gemütlich auf einer Bank saßen und sich zuprosteten.

»Das hast du gut gemacht«, lobte Karl seine Frau. »Schau, was du alles möglich gemacht hast. Das warst alles du.«

»Nicht alles«, Frieda gab sich bescheiden. »Ich habe nicht einen einzigen Keks gebacken.«

»Aber du hast das Wichtigste getan: Du hast die Leute zusammengebracht.«

—

Benni quetschte sich zwischen sie und präsentierte stolz seine Mahlzeit. »Wenn ich die gegessen habe, hole ich mir noch Erdäpfelblattln und danach hole ich mir noch Lebkuchen.«

»So so.« Karl blickte ihn ungläubig an. »Dann hast du ja noch etwas vor heute.«

In dem Moment kamen Chiara und ihre Eltern zur Tür herein, hintendran Leo und Nicola mit ihren Eltern. Benni zeigte auf die Gruppe und verkündete, dass seine Freunde nun da wären. Beim Stichwort Freunde hakte Karl ein. Er wollte wissen, ob sein Wunsch in Erfüllung gegangen war. Er wusste ja von Frieda nur inoffiziell davon, konnte Benni aber nicht direkt fragen. Daher versuchte er es mit einer Anspielung.

»Sag mal, Benni, jetzt wo alle Freunde da sind, glaubst du, dass jetzt alle glücklich sind?«

Benni blickte zu Julia, die mit Luca bei ihren Eltern stand und sich sichtlich darüber freute, dass ihr Papa angeregt mit Luca plauderte. Benni versuchte eine allwissende Miene aufzusetzen, was nicht so sehr gelingen wollte, in Anbetracht der Tatsache, dass sein Mund mit Zucker und Marmelade verschmiert war. Er blickte Karl tief in die Augen und sagte ruhig: »Ja, und jetzt muss ich gehen.«

Und schon lief er los, um seine Freunde zu begrüßen. Karl runzelte die Stirn und warf Frieda einen vielsagenden Blick zu. »Ich glaube, er ist zufrieden.«

Benni und seine Freunde drehten mehrere Runden am Buffet – diesmal unter strenger Anleitung der kleinen Chiara.

»Wir folgen Chiara«, verkündete Benni. »Die ist so gescheit.«

Die Chiara war tatsächlich eine ganz Gescheite. Ein kleines Kommando, wie man hier Anführerkinder üblicherweise nannte. Zwar ein liebes Kommando, trotzdem taten Thomas die anderen Kinder hin und wieder leid. Denn was Chiara sagte, wurde gemacht. Insbesondere der kleine Leo mit seinem Sprachfehler konnte sich nur schwer gegen sie wehren. Trotzdem hatte es der Leo bei Benni unter die Top Drei seiner Freundesrangliste geschafft. Irgendwie schien das Quartett zu funktionieren. Schließlich machten sie es sich gemeinsam auf einer Couch im Nebenraum gemütlich, als sie müde wurden. Thomas sah nach ihnen und brachte ihnen ein paar Decken. Als erfahrener *Alles-nur-nicht-ins Bett-Bringer* wusste er es besser, als sie direkt danach zu fragen, ob sie müde wären. Die Worte *müde*, *Schlaf* oder auch *Bett* waren tunlichst zu vermeiden. Und so sagte er zu den Kindern ganz beiläufig: »Ich bin ja schon gespannt auf morgen, wenn das Christkind kommt.« Und ganz beiläufig packte er sie auch in die Decken ein. Sein Plan war nämlich, dass sie selbst darauf kämen, dass sie nur noch einmal schlafen müssten.

Thomas freute sich, dass sein Plan funktioniert hatte: Die Kinder waren tatsächlich von selbst auf das Thema Schlaf gekommen. Er ließ sie aneinander gekuschelt zurück und fand, dass er sich jetzt einen Glühwein verdient hatte. Außerdem war da noch die Sache mit Martin, der er auf den Grund gehen musste.

———

»Der schöne Kerner«, trauerte er den Flaschen nach, die gerade in den großen Emaille-Topf gekippt wurden. Gleichzeitig hielt er seine Tasse hin.

»Wieso denn?«, fragte die Tante. »Wir trinken ihn ja. Getrunkener Wein ist nie verschwendet. Da, Bub, trink.«

So langsam dämmerte Thomas, warum die Tante alle mit Kind und Bub und Gitsch ansprach. Sie hatte es wohl nicht so mit Namen. Andererseits: Wie hieß die Tante eigentlich mit Vornamen? Aber da durchkreuzte der

Geschmack von frischem Glüh-Kerner seine Gedanken.

Und auch Martin durchkreuzte seine Gedanken, denn der tauchte gerade wieder einmal aus dem Nichts auf und rief ihm zu: »Trink nicht zu langsam! Der rote Glühwein ist auch gleich fertig! Den musst du auch gleich probieren.« Zu seiner Tante gewandt sage er: »Tante, wo soll ich den hinstellen?«

Aber warum sagte er auch Tante? Wusste Martin denn auch nicht, wie die Tante mit Vornamen hieß? Der war doch hier aufgewachsen, der kannte doch sonst alle und jeden. Und was machte Martin eigentlich hier? War der einfach selbstverständlich überall dabei? Oder hatte die Julia ihn extra eingeladen? Auf einmal war es Thomas, der sich alle Fragen stellte. Petra dagegen stand entspannt daneben und stellte Julia und Martin ihrer Familie vor.

—

»Amalia, danke! Es ist so ein schönes Fest. Danke, dass du uns eingeladen hast.« Petras Mutter kam zur Tante herüber mit ihrem Krug frischen Glühwein, um sich einen Nachschub zu holen.

Amalia, aber natürlich, dachte Thomas, *so hieß die Tante! Amalia, Tante Amalia*, sagte er zu sich selbst, um sich den Namen einzuprägen.

»Ja, die Tante kann feiern«, rief Martin in diesem Moment dazwischen und stieß mit ihnen an. »Auf die Tante und die Familie!«

Ach, wenn alle sie einfach Tante nannten, dann war es aber auch schwierig, sich ihren Namen zu merken, dachte Thomas. Er war ja sowieso schon etwas grummelig auf den Martin. Natürlich nahm der es sich heraus, die Tante Tante zu nennen. Nein, die Amalia Tante zu nennen, meinte er natürlich. Widerwillig stieß er mit Martin an.

»Ich hab euch gerne hier. Für Familie gilt doch, je mehr, desto besser. Auf uns«, stimmte die Tante in Martins Trinkspruch ein. »Wisst ihr, ich bin ja selber so froh, dass ich meine Nichte und meinen Neffen um mich habe.«

»Die sind verwandt?«, platzte es aus Thomas heraus.

Petra sah ihn ungläubig von der Seite an. »Ja, was dachtest du denn? Das ist doch der Schlössl-Martin. Er ist der Neffe der Schlössl-Tante, eigentlich ihres verstorbenen Mannes, und kümmert sich um den

Weinanbau und den Verkauf.«

Thomas war leider genau wegen ebendiesem Schlössl-Wein in Kombination mit seiner Verwirrung nicht mehr in der Lage, seine Gedanken schnell genug zu formulieren. Der Martin war ein gewiefter Gastronom, es wäre ja möglich, dass er fürs Schlössl arbeiten würde. Ohne Verwandtschaftsgrad. Zumindest hatte Thomas das gedacht. Um ehrlich zu sein, hatte er darüber erst überhaupt nicht nachgedacht, denn er wollte sich ja aus den Angelegenheiten anderer heraushalten. Das hatte er nun davon.

Jetzt verstand er, warum der Luca so entspannt auf Martin reagierte. Er wusste natürlich, dass er ihr Cousin war. So deppert von ihm. Hätte er einfach mal gefragt. Seit Tagen schürte er einen Groll gegen Martin. Grundlos. Nun fühlte er sich schlecht.

So war das Einzige, was er herausbrachte, ein weiterer Prosit: »Auf den Schlössl-Martin!« Alle stimmten ein.

»Und auf die Sonja. Ihr beide habt das Krippenspiel zu einem echten Event gemacht«, fuhr er im Übereifer fort.

Der Sonja, die gerade rein gekommen war, konnte man das Unbehagen direkt ansehen. Sie stand nicht gerne im Mittelpunkt und nun war sie kaum durch die Tür und eine Gruppe Leute starrte sie an. Petra erkannte Thomas' Ungeschicklichkeit schnell als solche und startete einen Ablenkungsversuch. »Und auf die Schlössl-Familie und die gelungene Weihnachtsfeier!«

Zum Glück stimmten wieder alle schnell ein. Außer Martin, der ging zu Sonja, was von Petra wiederum nicht unbemerkt blieb.

»Sag mal, wo wir gerade von Martin reden«, wandte sie sich an Thomas. »Die Sonja und der Martin–«

Thomas fiel ihr ins Wort. »Petra, lass …«, setzte er an. Dann beschloss er aufgrund der jüngsten Ereignisse, es selbst sein zu lassen, Petra vom Kuppeln abzuhalten. Er korrigierte sich. »Petra, lass uns das mal aus der Nähe anschauen.«

Petra schaute zu Thomas, zu seinem Glühwein und wieder zu Thomas und dann zu Martin und Sonja.

Was war hier los? Sie beschloss dann aber doch, Thomas' Vorschlag anzunehmen, und zog ihn mit zu Sonja und Martin. Denn was da los war, interessierte sie noch viel mehr.

—

Luca hingegen interessierte sich weder für Martin noch Sonja. Er war gerade damit beschäftigt, Julia in Richtung des Mistelzweigs zu locken.

—

»Nach dem Fest ist vor dem Fest«, sagte Petras Schwester viel später am Abend zu Julia. Da sie schon im Schlössl übernachten würden, könnten sie sich gleich auch beim Aufräumen nützlich machen. Das Buffet war immer noch reichlich gefüllt. Irgendwie hatten es alle bei den Mengen etwas zu gut gemeint. Sogar ein Stück von einer Straube war übriggeblieben. Die Reste würden wohl noch bis zum zweiten Weihnachtstag reichen. Anders verhielt es sich mit dem Glüh-Kerner und dem Glüh-Pinot, die waren bis auf den letzten Tropfen leer getrunken.

24. Dezember ·Dienstag, Heiligabend·

Wie üblich hatte Julias Mutter die Küche ihrer Schwester übernommen, sich um die Reste gekümmert und war jetzt dabei, das Frühstück für die Familie aufzutischen.

Amalia hatte zunächst wie gewöhnlich danebengesessen und ihren Kaffee getrunken. Doch dann packte sie mit an, was Julias Mutter schon ein bisschen suspekt vorkam. Sie wollte Butter und Marmelade aus dem Kühlschrank holen, aber zwischen ihr und dem Kühlschrank stand ihre Schwester, die gerade Brot schnitt. Sie wusste nicht, wie sie sie ansprechen sollte. Sie konnte sie auch nicht einfach zur Seite drängen. Es war zwar ihre Küche, aber sie fühlte sich selbst wie ein Störfaktor darin.

»Entschuldigung«, sagte sie schließlich leise und schlüpfte an ihr vorbei zum Kühlschrank. Dabei wusste sie selbst nicht, wofür sie sich genau entschuldigte. Dafür, dass sie ihrer Schwester die Arbeit erschwerte oder dafür, dass sie ihr ihre Tochter weggenommen hatte?

Dann platzte es aus ihr heraus: »Weißt du, ich glaube, der Julia geht es wirklich gut hier.«

Julias Mutter lächelte sie an, was Amalia sofort erleichterte und auch lächeln ließ.

»Ich weiß«, sagte sie. »Ich weiß, dass es meiner Tochter hier gut geht. Julia ging es hier schon immer gut. Und ich finde es toll, dass sie sich daran erinnert hat. Sie war in den letzten Jahren nicht so glücklich. Getrieben und gestresst. Ich weiß gar nicht genau, wovon. Vielleicht ein bisschen von allem. Weder bei ihrer Arbeit noch in ihrer Beziehung lief es wirklich rund. Ich freue mich zu sehen, dass sie wieder Freude an der Arbeit hat und dass sie so schnell jemanden gefunden hat. Ich habe sie wirklich lange nicht mehr so glücklich erlebt.«

So einfach wollte sich Amalia nun selbst nicht davonkommen lassen. Sie hatte sich Sorgen gemacht, was ihre Schwester sagen würde, wenn sie erfuhr, dass Julia hierblieb. Sie hatte sich Rechtfertigungen zurechtgelegt. Die Tatsache, dass Julias Mutter ihr nun aber so gar keine Vorwürfe machte, bedeutete, dass sie all ihre schönen Reden gar nicht halten konnte. Also widersprach sie ihrer Schwester: »Aber es ist schon ein großer Schritt, und die Julia hatte ja auch ein Leben in Hamburg. Gleichzeitig glaube ich–«

Ihre Schwester unterbrach sie. Sie wollte ihre Reden offensichtlich nicht hören. »Ich weiß es doch«, sagte sie. »Schau, ich war doch selber in der gleichen Situation.«

»Na ja, nicht genau gleich«, versuchte sie es noch einmal. Jedoch wollte ihre Schwester ihre Sicht auf die Umstände als die einzig wahre akzeptieren. Schließlich gab Amalia nach. Ihre Schwester würde ja schon ihre Tochter an sie abtreten, also konnte sie wenigstens die Geschichte so erzählen, wie es für sie stimmte.

»Weißt du«, fuhr ihre Schwester fort, »die Julia und du, ihr hattet immer schon eine besondere Verbindung. Als Kind hat sie mich mal gefragt, warum ich nicht so sein kann wie du.«

Amalia protestierte sofort. »Kinder sagen doch ständig komische Sachen.«

»Nein, es ist gut. Du warst schon immer ein Vorbild für die Julia mit deiner Unabhängigkeit und deiner Selbstsicherheit. Du hast den Ton angegeben. Nach außen mag es zwar so wirken, als wäre ich diejenige, die gegangen ist und die gemacht hat, was sie will, aber eigentlich bist du diejenige, die sich nie geschert hat, was andere von ihr denken. Julia hat das immer schon fasziniert. Sie hat zu dir aufgeschaut und deshalb hat sie sich als Kind gewünscht, dass ich so bin wie du. Aber ich bin nicht so wie du.«

»Nein«, sagte die Tante jetzt etwas ruhiger. »Du bist so wie sie.«

»Ja«, sagte Julias Mutter zufrieden. »Du tust ihr gut und es wird ihr gut gehen hier.«

»Sieht ihr Vater das denn auch so?«

»Ehrlich gesagt, noch nicht so ganz, aber er mag Luca und er hält gerade an der Vorstellung fest, dass nichts für immer ist. Wer weiß, in ein paar Jahren sind wir pensioniert und wir haben doch sonst keine Familie in Hamburg. Unsere Familie ist jetzt hier.«

Amalias Augen leuchteten auf. »Willst du etwa sagen, dass ihr überlegt, nach Südtirol zu kommen?«

»So weit sind wir noch lange nicht. Ich sage nur: Wer weiß, was in ein paar Jahren ist, vielleicht sieht die Welt dann schon wieder ganz anders aus. Genießen wir es einfach, wie es jetzt ist. Es ist Weihnachten und jetzt wird erstmal gefeiert.«

—

»Benni, sag mal«, seine Oma betrachtete seinen Wunschbrief, »was hast du dir denn jetzt alles gewünscht? Das ist die Rennbahn, oder?« Sie wusste ganz genau, was der Bub sich gewünscht hatte, Frieda hatte immerhin alle eingeweiht. Sonst wären sie ja gar nicht hier. Aber sie wollte es von ihrem Enkel selbst hören.

»Sind deine Wünsche in Erfüllung gegangen?«

Benni überlegte. Das Erklären seiner Wünsche war für den Fünfjährigen schon diverse Male zu einer kleinen Herausforderung geworden. Erwachsene verstanden manchmal auch wirklich wenig. So sagte er einfach: »Ja.«

Denn so viel hatte er schon in seinem noch kurzen Leben gelernt: Mit einem Ja fährt man meistens gut, und vielleicht hat man sogar Glück, und es wird nicht genauer nachgefragt.

Diesmal hatte er allerdings kein Glück, denn Oma wollte es genauer wissen.

»Jetzt sag, was hast du dir denn alles gewünscht?«

»Eine Freundin«, antwortete Benni zögerlich.

»Eine Freundin? Du meinst so wie die Chiara? Ist die denn nicht deine Freundin?«, fragte sie ihn weiter aus.

»Ja«, sagte Benni wieder, merkte aber daran, wie die Oma ihn anschaute, dass er jetzt doch noch etwas mehr sagen musste.

»Ja, ich habe mir eine Freundin wie die Chiara gewünscht, aber für die Mami. Und dann ist die Julia gekommen. Ich glaube, das war schon das Christkind. Aber die Frieda wusste nicht, dass das Christkind die Julia bringt, und jetzt hat sie auch noch euch alle hergeholt.«

Die Oma lachte herzhaft. Frieda hatte nicht übertrieben. Das war es auch, was ihr Benni am Krampusumzug versucht hatte zu erzählen. Das Christkind sollte Petra eine Freundin bescheren und Frieda hatte geholfen.

»Weißt du«, sagte sie schließlich. »Freunde und Familie, das ist irgendwie dasselbe. Ich glaube, da hat die Frieda dem Christkind schon ganz richtig geholfen.«

Benni verstand das nicht: »Aber die Mama hat doch Familie, sie hat doch mich. Aber ich habe Freunde und sie nicht. Und Freunde machen doch glücklich.«

Frieda, die bei ihrem Namen aufgehorcht und dann die Ohren gespitzt hatte, konnte sich einmal mehr einen Kommentar nicht verkneifen.

»Siehst du, was bei dieser allzu gutgemeinten modernen Erziehung rauskommt?«

»Ach du«, winkte die Oma ab. »Irgendwie muss man halt versuchen, den Kleinen die Welt zu erklären. Und falsch ist das ja nicht.«

Benni starrte beide verwirrt an. Seine Oma erklärte: »Also, Benni. Familie und Freunde können dich alle glücklich machen. Deshalb sind wir hier.«

—

Wie war's? Ich hoffe, ihr hattet alle zusammen eine schöne Feier. Petra lag später am Abend zufrieden im Bett und schrieb eine Nachricht an Julia. *Benni hat gesagt, ich soll wegen all der Freunde hier bei uns nicht meine neue Freundin Julia vergessen :-D Er hat sich tatsächlich Sorgen um mich gemacht.*

Tja, ich kann mir vorstellen, woher er das hat ;-), schrieb Julia zurück. *Und ja, wir haben auch schön gefeiert. Alles gut :-D*

Das freut mich sehr. Siehst du, am Ende ist alles gut. Sonst ist es ja nicht das Ende :-D

Ist es auch noch nicht. Morgen treffe ich noch Lucas Eltern.

Die sind lieb, da mache ich mir keine Sorgen.

Ich bin aufgeregt.

Es ist ja auch aufregend ;-)

Und mit Katrin habe ich vorhin telefoniert. Die war ganz aufgedreht. Sie sagt, sie kommt an Silvester her. Weil ich ja wohl nie mehr wieder zurückkomme. Ihre Worte.

Katrin kommt? Jetzt mache ich mir doch Sorgen um dich :-D

Klar machst du dir Sorgen ;-)

———

Buona Notte, Luca, bis morgen :-*

Gute Nacht, Giulia :-*

Epilog

»Liebes Christkind,

Danke, dass du meine Wünsche erfüllt hast. Die Mama ist jetzt glücklich, weil sie viele Freunde hat.

Ich hatte mir ja eine Freundin für die Mama gewünscht und wusste erst nicht, wen du schickst. Und wann. Gleich nachdem ich den Brief gemalt hatte, war die Julia am Karussell. Aber du hattest da den Brief noch gar nicht geholt. Und als du den Brief geholt hast, war Julia nicht da. Das war komisch. Oma Frieda hat gesagt, ich muss schon bis Weihnachten Geduld haben. Geduld ist blöd. Mag ich nicht.

Aber stell dir vor: An Weihnachten wollten plötzlich ganz viele Mamas Freundin sein. Auch die Julia war wieder da und hat gesagt, sie ist gerne die Freundin von meiner Mama. Und der Luca hat gesagt, dass er mein Freund ist, aber natürlich auch gerne der von meiner Mama. Und die Tanten haben gesagt, dass sie schon ganz lange Mamas Freundinnen sind und immer bleiben werden, weil sie ja auch Schwestern sind. Ich glaube, die Mama konnte sich gar nicht mehr entscheiden.

Vielleicht findet sie Entscheiden blöd. Ich verstehe das, weil die Chiara auch meine beste Freundin ist, aber der Leo und der Nicola sind auch meine Freunde. Ich mag eigentlich auch alle drei als Freunde haben.

Und Oma Frieda hat mir erklärt, dass man viele Freunde haben kann und dass es egal ist, ob die Freunde auch Familie sind. Ich glaube, beides geht.

Weißt du, ich glaube jetzt, dass alle glücklich machen: Freunde, Familie. Opa Karl sagt, wenn es um Weihnachtskekse geht auch, *je mehr, desto besser*. Ich glaube, die Mama ist jetzt auch glücklich. Ich habe ihr heute nochmal aufgezählt, wie viele Freunde sie hat. Also ganz alle Freunde und ganz alle Familie. Sie hat mich erst ganz komisch angeschaut, aber am Ende hat sie gelacht. Und wenn man lacht, ist man doch glücklich, oder?

Schade, dass du erst nächstes Jahr wiederkommst. Weil, ich habe schon noch Wünsche, die du mir erfüllen könntest. Weil, weißt du, es ist schon anstrengend, wenn man alles selbst machen muss. Das sagt Papa immer zu dem Luca.

Und zu der Rennbahn, die ich mir gewünscht habe, da gibt es eigentlich auch noch ein Sprungdings dazu. Also, wenn du doch nochmal vorbeikommst, dann vergiss nicht, dass ich mir das jetzt gewünscht habe. Aber nicht, dass ich deswegen einen Freund zurückgeben muss!? Dann behalte du lieber das Sprungdings.

Aber weißt du was? Ich habe von Oma noch ein Glücksschwein bekommen, und sie sagte, das bringt Glück im neuen Jahr. Heißt das, ich kann mir jetzt vielleicht das ganze Jahr etwas wünschen? Geht das mit dem Glücksschwein wie mit dir? Ich weiß nicht, weil das Schwein aus Marzipan ist, und ich möchte es ja schon essen. Vielleicht kann ich mir ja schnell ganz viele Sachen wünschen und es dann essen.

Bis nächstes Jahr, liebes Christkind,

Benni

»Oma Frieda, hast du das alles aufgeschrieben?«

»Ähm, ja ja, schon. Diktat Ende.«

weihnachteninsuedtirol.com